열네살의 인턴십

열네 살의 인턴십

초판 1쇄 발행 | 2007년 11월 30일
31쇄 발행 | 2023년 4월 7일
지은이 | 마리 오드 뮈라이유
옮긴이 | 김주열
만든이 | 이창섭 여은영 이향란 신옥경
펴낸이 | 최윤정
펴낸곳 | 바람의아이들
등록 | 2003년 7월 11일(제312-2003-38호)
주소 | 03035 서울시 종로구 필운대로116 신우빌딩 5층
전화 | (02)3142-0495 팩스 | (02)3142-0494
이메일 | barambooks@daum.net

www.barambooks.net

ISBN 978-89-90878-51-9 43810
ISBN 978-89-90878-04-5(세트)

열네 살의 인턴십

마리 오드 뮈라이유 지음 | 김주열 옮김

바람의아이들

차례

내 머리를 짧게 자르고, 밝은 색 브릿지를 해 준

미용사들에게

사람들은 흔한 노래라고 하지만,

나에게는 특별한 노래이다.

알랭 수숑

1
인턴십

"인턴십이라니!"

페리에 씨가 버럭 소리를 질렀다.

"그건 또 무슨 황당한 소리냐? 자기 나라 글도 제대로 쓸 줄 모르는 녀석들이 인턴십을 한다! 그래, 도대체 어떤 걸 하는데?"

그는 식탁 건너편에 앉은 아들에게 물었다.

"저도 몰라요."

루이는 퉁명스럽게 대꾸했다.

"각자 알아서 정하는 거래요. 선생님이 그러셨어요."

"아하, '선생님이 그러셨어요'."

아버지는 아들의 말을 흉내 냈다.

"청소부 인턴십, 그래, 넌 그걸로 정하면 되겠다. 아니, 청소부가 아니지, 이젠 '거리 환경 전문가'라고 불러야겠네."

페리에 씨는 빈정댔다. 그는 외과 의사였다. 잘생긴 용모에다 목소리가 우렁차서 집안 전체를 압도했다. 하지만 식탁에는 네 사람이 더 있었다. 일곱 살 난 플로리안, 열네 살 난 루이, 페리에 부인, 그리고 할머니였다.

"인턴십 기간이 일주일 정도라면, 루이한테 뭔가를 찾아봐 줄 수도 있을 것 같은데."

할머니가 입을 떼었다.

페리에 씨는 장모를 향해 얼굴을 찡그렸다. 어서 말해 보라고 미소를 짓는다는 것이 그렇게 된 것이다.

"내가 다니는 미용실에서 보조 미용사를 쓰던데. 실습생도 마다하진 않을 거야."

페리에 씨의 눈이 휘둥그레졌다.

"미용실 실습을요? 루이가요?"

"우와, 짱 좋겠다."

플로리안이 중얼댔다.

"난 이담에 미용사가 될 거야."

페리에 부인은 학교가 쉬는 수요일이면 바비 인형의 머리를 손질하며 노는 딸아이를 부드러운 눈길로 쳐다보았다. 그러고는 어머니를 향해 입을 열었다.

"근데, 엄마, 미용실 같은 데서 루이가 할 만할 일이 있을지 모르겠네요."

"직업에 귀천은 없는 법이다."

열여섯 살부터 빵집에서 일하기 시작했던 할머니가 대꾸했다.

"그거 아주 좋겠네요!"

페리에 씨는 맞은편 벽에서 〈루이 미용실〉이라고 쓰인 간판이라도 본 것처럼 감탄하는 시늉을 하며 빈정댔다.

인턴십에 관해 다들 뾰족한 생각이 없기 때문에, 할머니가 일단 미용실 원장인 마이테 부인에게 말해 보기로 했다.

"괜찮겠니?"

페리에 부인이 걱정스레 물었다.

"아무래도 상관없어요."

루이는 짜증을 냈다.

방에 들어온 페리에 부인은 남편이 신경질을 낼까 봐 가슴을 졸였다. 남편은 분명히 장모의 엉뚱한 생각에 대해 이러쿵저러쿵 불만을 늘어놓을 것이다. 아니나 다를까, 남편이 넥타이를 풀며 입을 열었다.

"사실, 인턴십이 나쁘진 않아. 쓸고 치우고 몇 시간씩 서서 일하다 보면 루이도 노동이 뭔지를 깨닫게 될 테니까. 베라, 난 당신을 탓할 생각은 없어. 하지만 당신은 애를 너무 품 안에서 키우고 있어. 이제 루이도 현실의 맛을 볼 나이가 된 거야!"

페리에 씨는 마치 학생들 앞에서 강의라도 하는 양 과장된 몸짓을 해 가며 목청을 높였다.

"손으로 하는 일도 나름대로 가치가 있어."

그의 아내가 조그만 소리로 말했다.

그러자 페리에 씨는 딱하다는 듯 아내를 쳐다보았다.

"그래, 고생을 해 보면 공부가 얼마나 좋은지 깨닫게 되는 가치야 있지."

방으로 돌아온 루이도 마침 그 공부에 대해 생각하고 있었다. 수학은 영 헤매는 데다, 국어 선생님이 하는 말은 무슨 뜻인지 못 알아듣겠고, 독어 시간에는 아예 잠을 잤다. 이따금 놀라서 잠을 깨곤 했는데, 자존심 때문이기도 했고, 아버지의 무서운 얼굴 모습 때문이기도 했다. 루이는 과제물과 복사물을 정리해 배낭에 넣었다. 그러고는 다시 이런저런 잡념에 빠져들었다.

이튿날, 날이 밝자 루이는 곧 학교로 향했다. 그날은 보행자 전용 구역 쪽으로 돌아서 가 보고 싶었다. 마이테 미용실은 세르슈가, 빵집 건너편에 있었다. 루이는 미용실 진열창 앞에서 발걸음을 멈추었다. 영업 시간은 '9시~20시'라고 입구에 씌어 있었지만 안에서는 벌써 희미한 불빛이 비치고 있었다. 슬리퍼를 신은 여자가 걸레로 타일 바닥을 닦고 있었다. 여자는 몸을 일으켜 세우더니 허리에 한 손을 짚고 길 쪽을 쳐다보았다. 루이의 눈에 여자가 자기를 쳐다보는 모습이 들어왔다. 루이는 얼굴을 붉히며 황급히 자리를 떴다. 피곤에 지친 여자의 모습이 오전 내내 머리에서 떠나지 않았다. 그 여자가 **마이테 미용실** 원장일까?

"난 라디오 방송국에서 인턴십을 하기로 했어."

루도빅이 학교 식당에서 떠벌렸다.

"사회자가 진짜 멋지더라. 너도 가면 스타들을 전부 볼 수 있어. 지난주에는 L5 그룹이 왔대."

루도빅 장송의 아버지는 마취과 의사였고 페리에 씨와 같이 일하는 때가 많았다. 그래서 페리에 씨는 루이더러 루도빅과 친구가 되라고 했고 여동생들, 플로리안과 멜리사도 친하게 지내라고 했다. 마침 루도빅과 루이(이름도 비슷했다!)는 올해 나란히 중3이었다.

"넌, 어떤 인턴십 할 건데?"

루이는 손가락 마디를 두두둑 꺾으며 친구를 쳐다봤다. 루도빅이 교실에서건, 식당에서건 자기 곁에 붙어 다니는 이유를 이해할 수 없었다. 이따금 루도빅에게 이렇게 말해 주고 싶었다.

'도대체, 너 왜 그래? 난 너 따윈 관심 없어.'

"신경 꺼."

루이는 퉁명스레 내뱉었다.

그러고는 다시 손가락 마디를 두두둑 꺾었다.

"그래, 하지만 국어 선생님한테는 뭐라고 할 건데?"

루도빅은 범생이라 약간 안달을 하는 버릇이 있었다.

"미용실에서 할 거야."

루이는 루도빅이 어떻게 나오나 보려고 그렇게 말했다.

"나 놀리는 거야?"

루이는 속으로는 '그래'라고 생각하면서 대답했다.

"아니."

"겁나지 않아? 남자 미용사들은 모두 여자 같다던데…… ."

루도빅은 손목을 비비 꼬면서 여자 흉내를 냈다.

"맞아, 정말 그래."

루이가 루도빅을 추켜세웠다.

"그런데 말이야, **마이테 미용실**의 미용사들은 여자거든."

루이는 마포 걸레질을 하던 여자를 떠올렸다.

"금발 머리 미용사가 한 명 있는데, 샴푸를 해 주려고 몸을 숙이면 가슴이 다 들여다보여."

루도빅은 할 말을 잃었는지 오후 내내 입을 다물었다.

오후 여섯 시, 루이가 학교를 나서는데, 뿌연 안개 속으로 어느덧 해가 지고 있었다. 어둑어둑한데 멀리서 상점의 쇼윈도들이 낯설게 빛을 발했다. 루이는 다시 발걸음이 마이테 미용실로 끌리는 걸 느꼈다. 보도에서 잠시 걸음을 멈추었다. 아침과 같은 지점은 아니었다. 미용실은 조가비 모양의 전등에서 나오는 노란 불빛 속에 잠겨 있었다. 샴푸와 린스, 모발 제품들 가운데 자리한 계산대에는 진짜 마이테 원장이 앉아 있었다. 원장은 진하게 화장을 한 약간 뚱뚱한 부인이었다. 원장은 통통한 손으로 손님의 손목을 붙잡고 얘기를 나누고 있었다. 두 사람은 오래전부터 아는 사이 같았다. 미용실 원장은 떠나는 손님을 친절한 미소로 배웅한 다음, 수표책을 꺼내고 있는 다음 손님을 향해 몸을 돌렸다. 루이는 마이테 원장이 방금 나간 손님에게 하듯, 다음 손님에게도 똑같이 상냥하게 대하겠지 하는 생각을 하며 시선을 미용실 안쪽으로 옮겼다.

머리에 파마용 캡을 뒤집어쓴 여자 셋이 나란히 앉아서 잡지를 뒤적이고 있었다. 그들은 마이클 잭슨이 정말로 자신의 아기를 창밖으로 던지려고 했는지, 조지 클루니의 호화 주택이 얼마짜리인지(7백만 유로), 아니면 레니에 공이 걸린 병의 실체가 과연 무엇인지 등에 관한 기사 따위를 찾고 있으리라.

앞가슴을 훤히 드러낸 흰 셔츠 차림의 자그마한 청년이 노부인 주위를 돌며, 이쪽에 서서 살짝 빗질을 하고, 저쪽으로 가, 칙 하고 스프레이를 뿌린 다음, '거울, 거울 좀!' 하고 외쳤다. 틀어 올린 머리를 손님이 이리저리 비춰 보고 감상할 수 있도록 청년은 하얀 블라우스 차림의 앳된 여자애를 불러 둥근 거울을 가져오게 했다.

미용실은 이층으로 되어 있었다. 루이가 위층을 보려고 목을 길게 빼는 순간, 루도빅을 골려 주려고 지어 냈던 금발의 여자가 정말로 나타난 게 아닌가 싶었다. 여자는 심야 유료 채널에서나 보는 그런 하이힐을 신고 계단을 내려왔다. **마이테 미용실**이라고 쓰인 하얀 티셔츠는 몸에 착 달라붙었고, 드러난 풍만한 가슴이 마치 뱃길을 여는 뱃머리처럼 앞서서 걸었다. 루이는 그 가슴에 머리를 파묻고 싶은 욕망에 앞으로 이마를 내밀었다. 그러다 쾅! 진열창에 부딪치고 말았다. 현실은 늘 이처럼 냉혹한 법!

집에 오니 거실에 여동생이 있었다. 동생은 연속극 샤메드를 보면서 바비 인형들을 가지고 놀고 있었다. 루이도 카펫에 앉아 레퐁스 공주 인형*을 만지작거렸다. 긴 금발 머리가 엉켜 있는 것을 보고 소파 위에 뒹굴고 있는 머리빗을 들고 빗질을 해 보았다.

"루이 왔니?"

---

* 바비 인형 중 머리카락이 아름다운 공주.

문득 엄마 목소리가 들렸다.

루이는 얼른 인형을 내던졌다. 페리에 부인이 환하게 웃으며 거실로 들어섰다.

"네 인턴십 엄마가 구해 놨어. 나딘과 얘기했거든."

나딘 장송은 루도빅과 멜리사의 엄마이다. 불안해진 루이는 눈살을 찌푸렸다.

"나딘이 바이브레이션 라디오 방송국 직원을 아는데 거기서 실습생을 받는단다."

"그래서요?"

루이는 더 이상 말을 이을 수가 없었다.

"그러니까…… '쿨'할 것 같지 않아?"

엄마가 말을 더듬었다.

"루도빅도 같이 할 거야."

순간 루이의 눈에 분노의 빛이 일었다.

"싫어요."

"싫어?"

페리에 부인은 이해할 수 없다는 듯한 표정으로 되물었다.

"갠 꼴통이에요."

페리에 부인은 충격을 받은 듯 두 손을 마주 잡았다.

"루도빅이? 아니, 그 아인 모범생이잖아!"

"그래서요?"

두 사람의 대화를 유심히 듣고 있던 플로리안은 오빠를 거들어 주는 게 좋겠다고 판단했다.

"내 생각도 그래요. 멜리사도 꼴통이에요."

"멜리사가?"

페리에 부인은 기가 막혔다.

"아니, 상냥한 애잖아."

"그래요, 상냥하긴 해요,"

플로리안은 인정했다.

"하지만 꼴통인걸요."

루이가 웃음을 터뜨렸다. 엄마가 당황해서 어쩔 줄 몰라 하는 게 보였다. 엄마 나름대로 잘해 보려고 한 일이었다.

"걱정 마세요. 할머니가 말한 그거 할 거니까."

루이가 입을 열었다.

"그게 뭔데?"

"미용실인가 뭔가 하는 거요."

루이는 투덜거리듯 말했다.

얼굴이 확 달아오르는 걸 느낀 루이는 손가락 마디를 두두둑 꺾으며 엄마에게서 등을 휙 돌렸다.

할머니는 마이테 부인과 목요일로 약속을 잡아 놓았다.

"그날이 좀 한가하단다."

할머니가 손자에게 설명했다.

"받아 주기는 한대요?"

"우선 널 보잔다. 근데 구두라도 닦아 놓으면 좋았잖아."

루이는 초코 크림이 묻은 채로 둔 스웨터도 생각이 났다. 할머니가 사실은 그 미용실에 단골이 아니라고 털어놓자, 루이도 할머니처럼 불안해지기 시작했다.

약속한 목요일 아침, 마이테 미용실은 한가했다. 보조 미용사는 꼬마 손님이 두고 간 미키 마우스 잡지에서 점들을 이어서 그리는 놀이를 하고 있었다. 금발의 미녀 미용사는 숨을 멈추고 진줏빛 매니큐어를 덧칠하고 있었다. 마이테 원장은 장부를 들여다보며 도무지 이해가 되지 않는 부가가치세 규정과 씨름하느라 안경이 코끝으로 흘러 내려와 있었다. 키가 작은 남자 미용사는 모두들 '대령님'이라고 부르는 노신사의 머리 손질을 마무리하고 있었다. 마이테 원장은 할머니를 친근한 미소로 맞아 주었다.

"우리 손자예요."

할머니는 루이를 가리키며 말했다.

"기억 나시죠, 인턴십…… ."

"아? 예."

차츰 미소가 가셨다. 원장은 루이를 찬찬히 뜯어보았고, 루이의 얼굴이 화끈거리기 시작했다.

"얘한테 서명해 줘야 할 학교 서류가 있나요?"

"예."

루이는 되도록 묵직한 목소리를 내려고 했다.

"얘한테 흰 셔츠는 있나요?"

자꾸 할머니에게 물어보는 것이 약간 불편했지만 루이는 다시, "예" 하고 대답했다.

"일 있으면 어려워 말고 시켜요."

할머니가 끼어들었다.

그때 작은 키의 미용사가 계산대로 다가와 주인의 귀에다 대고 속삭였다.

"대령님은 샴푸하고 커트했어요."

"수고했어, 피피. 손님이 옷 맡기셨나?"

마이테 원장이 물었다.

"갸랑스가 가져와요."

루이는 얘기하는 두 사람을 번갈아 쳐다보았다. 피피, 갸랑스 그리고 대령이라니, 지금 저 사람들이 무슨 만화 영화를 찍고 있나?

"얘가 언제부터 시작하겠대요?"

원장은 다시 물었다.

"인턴십 기간은 20일 월요일부터 24일 금요일까지입니다."

"알겠어요. 그럼, 흰 셔츠 준비하고 머리 깨끗이 하도록 하고. 미용실은 아홉 시에 열어요. 하지만 월요일은 닫으니까 하루 늦춰서 화요일부터 토요일까지로 하지요."

집으로 돌아오는 길에 할머니는 자신의 느낌을 이렇게 말했다.

"원장이 성깔깨나 있는 남편과 사나 보다."

루이는 바이브레이션 라디오 방송국으로 가지 않은 걸 후회하게 되지 않을까 걱정이 되었다.

2
21일 화요일

금요일에 이어 토요일에도 루이는 마이테 미용실 앞을 지나갔다. 그 앞을 지날 때마다 눈으로 피피를 찾고는 자세히 살폈다. 다리에 꽉 끼는 검은 바지에 굽을 덧댄(피피는 키가 커 보이고 싶어 했다) 가죽 구두를 신고, 약간 헐렁한 셔츠 차림에다 손목에는 팔찌를 차고 있었다. 루이는 몇 발자국 뒤로 물러서서 진열창에 자신의 모습을 비춰 보았다. 파카, 진 바지, 운동화. 미용실에는 어울리지 않는 옷차림이었다. 슬며시 화가 치밀었다. 뭐라 말할 수 없는 자신에 대한 분노였다.

월요일 아침, 열 시 이전에는 수업이 없었다. 집에는 루이 혼자였다. 그 틈을 타 루이는 아버지의 옷장을 뒤졌다. 페리에 씨는 그다지 큰 키가 아니었고 아들은 요 근래 훌쩍 자랐다. 루이는 흰 셔츠를 입어 보고 아직은 아버지만큼 건장한 체격이 못 된다는 것을 인정하지 않을 수 없었다. 하지만 좀 헐렁하게 입으면 어때? 루이는 단추를 하나, 둘 풀어서 목을 드러낸 다음, 양 손을 바지 뒷주머니에 찔러 넣어 보았다. 그리고 거울에 비친 자신을 향해 말했다.

"괜찮은데."

루이는 다트가 들어간 바지를 벗어 놓고 자신의 옷 중에서 다림질이 잘 된 진 바지를 입었다. 그리고 다시 거울 앞에 섰다.

"됐어."

하지만 아직 구두가 문제였다. 할머니가 준 100유로를 쓰는 수밖에 없었다. 보름 전이라면 구두를 사는 데 생일날 받은 용돈을 몽땅 쓰게 되리라고 상상이나 할 수 있었을까? 하지만 루이는 그렇게 했다. 구두까지 신고 욕실로 가서 거울을 보자 이제는 머리끝에서 발끝까지 완벽했다.

"요새 연애해?"

등 뒤에서 소곤대는 목소리가 들렸다.

플로리안이 뚫어져라 쳐다보고 있었다. 루이는 손가락을 입술에 가져다 대었다. 실은 그의 속마음은 더 큰 비밀이었다. 루이 자신조차도 접근이 허용되지 않았다.

실습을 시작하는 화요일, 루이는 미용실을 여는 시간보다 일찍 도착했다. 희미한 네온 불빛 아래서 청소부 아줌마가 천천히 진열창을 닦고 있었다. 이슬비가 내리고 있었다. 루이는 어깨를 움츠리며 잠깐 멈춰 서서 구두창을 탁탁 쳤다. 그러자 비를 맞아 광택을 잃은 구두 가죽이 드러났다. 또다시 화가 치미는 것을 느끼며 길 건너 빵집 처마 밑으로 뛰어 들어가 비를 피했다. 서둘다 보니 엉겁결에 거기 서 있던 사람과 부딪치고 말았다.

"어…… 이런."

레인코트 차림의 여자가 오들오들 몸을 떨며 볼멘소리를 했다.

"죄송합니다."

루이는 여자를 슬쩍 곁눈질했다. 지난번에 본 그 금발 미인이 맞는데 몰라보게 달라져 있었다. 머리카락은 아무렇게나 묶어서 뒤로 틀어 올렸고 화장을 하지 않은 맨얼굴에 눈은 충혈된 채, 두 팔로 몸을 감싸안고 코를 훌쩍이고 있었다. 루이는 한편으로는 마음이 아프고 한편으로는 실망스러웠다. 땅바닥에 내동댕이쳐진 여신상 같다고나 할까.

미용실 전등이 켜지자 젊은 여자는 "아!" 하고 탄성을 냈다.

그러고는 따각따각 하이힐을 총총히 옮기며 그 자리를 떴다.

루이는 바로 그 뒤를 따랐다. 루이는 미용실 문을 밀고 들어가다 흠칫 놀랐다. 마이테 원장이 말끔하게 화장을 한 차림으로 벌써 와 있는 게 아닌가. 그런데 루이는 원장이 들어가는 것을 보지 못했다. 마치 원장은 계산대 뒤에서 불쑥 솟아오른 것 같았다.

"예약하게요?"

원장은 루이를 기억하지 못했다.

"그게 아니라, 시…… 실습."

루이는 말을 더듬으며 할머니가 도와주러 오셨나 두리번두리번 거렸다.

"실습? 아, 맞아, 실습. 내 정신 좀 봐."

원장은 한숨을 내쉬었다.

"알겠으니까, 바닥 젖지 않게 조심하구. 탈의실로 가서 소지품 놓고 와요."

"예, 원장님."

루이는 태어나서 처음으로 자신에 대한 책임감을 느꼈다. 파카를 벗어 옷걸이에 건 다음, 거울을 보고 옷매무새를 살폈다.

"안녕하세요?"

고음의 경쾌한 목소리가 들렸다.

"안녕, 피피. 괜찮으면 오늘 신경 써 줘야 할 실습생이 있는데."

루이는 겸연쩍은 듯 얼굴을 붉혔다. 하지만 피피는 루이를 향해 씽긋 웃은 다음, 마치 비밀 얘기라도 되는 양 슬쩍 한마디 흘렸다.

"커피 타는 법 가르쳐 줄게."

미용실에서는 손님들이 기다리는 동안 무료함을 달랠 수 있도록 커피를 제공했다.

“손님이 차를 원하거든 차를 내고. 봉지 차는 저기 있어. 바닐라향 차도 있고 홍차도 있어. 걸레질도 좀 할 수 있겠지? 갸랑스와 같이 하면 될 거야.”

그는 연신 경쾌한 몸짓을 해 가며 상냥하게 말했다. 루이는 피피를 똑바로 쳐다보는 것이 어색했다. 피피는 미남도 아닌 데다 보기 싫은 여드름을 가리려고 파운데이션을 바르고 있었다. 하지만 한결같이 상냥했다.

“이층에 있는 클라라에게 커피 좀 가져다줄래?”

“예, 선생님.”

“아니, 그냥 피피*라고 불러.”

“이름이 그런가요?”

루이는 도날드 아저씨의 세 조카를 떠올리며 물었다. 젊은 미용사는 소년의 순진함에 웃음을 터뜨렸다.

“아니, 이름은 필립이야.”

루이는 자신의 우둔함이 원망스러웠다. 커피 잔을 들고 이층으로 올라갔다.

---

* 피피는 룰루, 리리와 함께 디즈니 만화 도날드 덕에 나오는 도날드 아저씨의 세 조카 중 하나이다.

"안녕하세요? 커피 가져왔는데요."

"으응."

클라라가 그렇게 대답한 건, 립글로스를 바르고 있는 중이었기 때문이다. 루이는 넋을 놓고 그 모습을 지켜보았다. 클라라는 완벽하게 변신해 있었다. 이리저리 복잡하게 틀어 올린 머리 아래로 곱슬곱슬한 컬 몇 가닥이 흘러 내려와 있고, 얼굴빛은 도자기처럼 투명했다. 바로 이 여자가 조금 전 빵집 처마 밑에서 울먹이던 그 여자라고 누가 짐작할 수 있을까? 눈 속 깊이 어리는 불안한 기색만이 가까스로 그 흔적을 조금 드러낼 뿐이었다. 클라라는 거울로 루이를 쳐다보았다.

"여자 처음 보니?"

루이는 서둘러 일층으로 내려갔다.

"안녕하세요, 레미 부인? 무슨 날씨가 이렇지요!"

원장은 쌕쌕 숨을 헐떡이는 뚱뚱한 부인을 맞이했다.

"우산을 받아 드릴게요. 갸랑스! 참, 아직 안 나왔지. 루이, 우리 귀염둥이…… ."

원장의 뜻밖의 애정 표현에 놀라서 루이는 눈을 동그랗게 떴다.

"레미 부인 우산 받아 드리고, 코트도. 그리고 가운 꺼내 오고."

원장의 입에서 지시가 빗발쳤다.

"보조 미용사가 한 명 더 왔어요?"

레미 부인이 물었다.

원장은 잠깐 멈칫했다.

"아…… 예."

원장은 실습생이나 보조 미용사 얘기라면 골치가 아팠다. 루이는 보관할 물건들을 들고 옷장으로 향하면서 피피에게 불안한 눈길을 보냈다.

"가운!"

젊은 남자 미용사는 나직이 일러 주었다.

가운은 탈의실에 걸려 있었다. 루이는 손에 잡히는 대로 새끼 오리들이 그려진 분홍색 가운을 꺼냈다. 다시 레미 부인 쪽으로 와서 가운을 내밀었다. 그러자 레미 부인은 웃음을 터뜨렸다.

"루이, 그건 애들 거잖아."

원장도 꾸중을 하고 나서 깔깔대고 웃기 시작했다. 뚱뚱한 레미 부인의 코앞에서 팔랑대는 아동용 가운은 그만큼 우스꽝스러웠다. 루이는 따라 웃을 처지가 아니었다. 화가 났다.

"어서 다른 거 찾아 와야지. 요즘 애들은 도대체 민첩하지가 않다니까요."

원장이 루이를 몰아세웠다.

다시 옷장으로 가는데 '우리 할머니한테 일러바칠 거야!'라고 소리치고 싶은 마음이 굴뚝 같았다. 하지만 루이는 꾹 참고 맞는 치

수의 가운을 가지고 와서 레미 부인이 입는 것을 도와주었다.

"커피 드시겠습니까?"

루이는 피피의 속삭이는 듯한 어조를 흉내 냈다.

"차로 줘요."

다른 여자 손님이 문안으로 얼굴을 내밀었다.

"머리 손질해 줄 수 있어요?"

"그럼요. 클라라! 루이, 가서 클라라 찾아봐."

가엾은 루이는 막 얼 그레이 차 봉지를 집어 든 참이었다. 루이는 얼른 이층으로 뛰어올라갔다.

"손님이 찾아요!"

그리고 급히 계단을 내려왔다.

"손님 소지품 받아서 보관하고, 루이."

"예, 원장님."

출입문의 차임벨이 다시 울렸다.

"저 지금 될까요?"

한 남자 손님이 물었다.

"기분 전환 하시게요?"

마이테 부인이 물었다.

이번에는 루이도 눈치껏 알아서 장단을 맞추고 싶었다.

"차로 드릴까요, 커피로 드릴까요?"

모두 한바탕 폭소를 터뜨렸다. 피피는 루이가 안쓰러웠던지, '기분 전환 하는 것'이란 커트를 말하는 거라고 설명해 주었다. 루이는 기특하게도 이번에는 대범하게 웃어넘기기로 했다.

"레미 부인, 이쪽으로 오셔서 샴푸하시겠어요? 선생님은 곧 해 드리겠습니다. 루이, 옷 받아 드리고."

정신이 없었다. 갸랑스는 전화를 해도 받지 않고 화요일 오전에 사람들은 모두 **마이테 미용실**로 몰려드는 것 같았다. 하지만 루이는 빠르게 숙달이 되었다. 차와 커피를 준비하고 탈의실을 오가며.

"바닥 좀 쓸어 줄래?"

클라라는 커트를 마치고, 루이에게 요청했다.

드디어 갸랑스가 잔뜩 겁을 먹은 표정으로 들어섰다.

"죄송합니다."

갸랑스는 계산대로 쓰러질 듯했다.

"제 잘못이 아녜요. 전차 때문이에요. 오늘 아침에 운행이 안 돼서요."

이런, 갸랑스, 그만 좀 둘러대, 들릴 듯 말 듯 나무라던 마이테 원장의 눈이 갑자기 빛을 발했다.

"이런 식으로 하면 미용사 자격증 못 받을 줄 알아. 미용 학교 선생님들이 내 의견을 물을 테니까."

갸랑스는 눈물을 글썽였다.

"정말이라니까요, 원장님……."

"갸랑스! 손님 머리 좀 헹궈 줄래?"

피피가 불렀다.

어린 보조 미용사는 미용실 안으로 쪼르르 달려갔다. 가면서 피피에게 속삭이듯 말했다.

"늦잠 잤거든요."

"밤에 술 마시니까 그렇지."

피피는 엉덩이를 살짝 때리면서 대꾸했다.

갸랑스는 세면대 쪽으로 가다가 루이와 부딪칠 뻔했다.

"저 애는 누구죠?"

"애가 아니라 루이야. 네 시중을 들 새로운 기사지."

피피는 웃으며 대답했다.

두 청소년은 서로 경계하는 눈길을 던졌다. 하지만 점점 손님이 밀려들었고 둘은 정오가 지나도록 눈코 뜰 새 없이 바빴다.

미용실은 기분 좋게 들뜬 분위기였다. 암모니아 냄새가 코를 자극했고 헤어 스프레이 냄새가 목 안을 간지럽혔다. 갸랑스는 세트를 마는 피피에게 클립을 건네주었다. 루이는 레미 부인의 머리에 브릿지를 하는 클라라에게 은박지 조각을 하나씩 내밀었다. 클라라가 레미 부인을 향해 몸을 숙일 때마다 앞가슴이 루이의 눈앞에 훤히 드러났다. 놀리기 좋아하는 레미 부인이 그냥 지나칠 리 없었다.

“저기 말이야, 클라라, 더 숙이지 말아요. 그랬다간 전부 다 보여 주겠어.”

“어머, 그런가요! 봐도 실망할 텐데요, 뭘.”

클라라는 소곤대는 척했지만, 루이의 귀에 똑똑히 들렸다.

“절반은 뽕인걸요. 피피도 넣었을지 몰라요.”

피피가 기분 나쁘다는 시늉을 하며 눈을 들어 하늘을 올려다보자, 모두들 더 크게 웃어 댔다. 루이는 “참 별난 곳이군” 하고 생각했다. 몹시 배가 고팠지만 아무도 점심 먹으러 가자는 말을 하지 않았다.

“자, 그럼, 뭐 사 올까요?”

문득 갸랑스가 물었다.

그 말 한마디에 여기저기서 다양한 주문이 터져 나왔다.

“난 햄 샌드위치로 사다 줘. 어제보다 버터는 덜 바르고 오이피클 하나 넣어서.”

“난 야채샐러드, 소스는 빼고. 그리고 채를 썬 당근도.”

“감자튀김 일 인분 시켜서 나랑 나눠 먹을 사람?”

“나! 소금은 따로 주고.”

갸랑스는 이마에 손을 가져다 대며 연신 한숨을 내쉬었다. 하지만 갸랑스는 늘 하던 대로 주문과 별 상관없이 아무거나 사 올 거다.

"잠깐만요, 제가 종이에다 적을게요."

루이가 나섰다.

루이는 갸랑스가 노려보는 것도 눈치채지 못하고 차분하게 하나씩 적어 나갔다. 그리고 파카를 가지러 갔다.

"그럼 다녀올게요."

사람들은 돈을 주었고 루이는 갸랑스가 등 뒤에서 온갖 저주를 퍼부어 대는 것도 모르고 점심을 사러 나섰다. 루이는 방금 갸랑스가 하루 중 제일 좋아하는 시간을 훔친 것이다! 보통 갸랑스는 샌드위치 가게 앞에 줄이 이 킬로미터는 되었다는 둥 핑계를 대 가며 그 별거 아닌 심부름을 하는 데 무려 한 시간가량을 쓰곤 했다.

15분 후, 루이는 주문대로 빠짐없이 점심을 사 들고 돌아왔다. 마이테 원장은 "수고했다, 루이"라고 짤막하게 칭찬했지만, 사실 루이는 샌드위치를 벌려 보고 피클 한 개를 발견한 클라라에게서 "제법인데!"라는 칭찬을 들을 만도 했다.

루이에게 오후는 꽤 길게 느껴졌다. 다리가 몹시 피곤했다. 하지만 다행히 대화가 오갔다. 피피는 끊임없이 농담을 해 댔고 손님들은 뜻밖에 속내 얘기를 털어놓았다.

"난 말예요, 생리 때면 머리를 손질해도 소용이 없어요."

"그건 약과예요. 폐경기 이후로는 머릿결이 아예 건초 더미 같아요."

듣고 있기가 거북해진 루이는 고개를 돌렸다. 그러다 벽에 몸을 기대고 눈을 깜빡였다. 피곤하기도 하거니와 약품이 눈을 자극한 탓이다. 하지만 계속해서 사람들 얘기에 귀를 기울이며 쳐다보았다. 루이는 특히 빗을 따라 미끄러지며 눈 옆을 지나 귓가를 움직이는 피피의 경쾌하면서도 정확한 가위질에 매료되었다. 너무 신기해서 몸이 떨릴 정도였다. 피피는 머리를 자르며 손님에게 설명도 곁들였다.

"내려온 앞머리는 끝을 좀 쳐 드릴게요(싹둑, 싹둑). 한결 가벼워 보일 겁니다. 올해는(싹둑, 싹둑) 앞머리에 이렇게 층을 내는 게 유행이거든요."

출입문의 차임벨이 울렸다.

"어머, 우리 가브리엘이잖아!"

마이테 원장이 계산대에서 반색을 했다.

루이의 눈에 서너 살배기 아이가 들어왔다. 처음에는 여자아이로 보였다. 아이를 자랑스러워하는 아이의 엄마는 모자를 쓴 아이의 금발로 손을 넣으며 말했다.

"앞머리가 약간 길고 뒤도 조금 잘라 줘야 할 것 같아요."

"이 센티쯤요?"

원장이 물었다.

"으음, 예, 그 정도만……."

피피는 의자에 커다란 쿠션을 올려놓고 가브리엘을 앉혔다. 새끼 오리들이 그려진 분홍색 가운을 입은 아이는 아주 의젓하게 똑바로 앉아 있었다.

"엄마 갔다 올게, 우리 귀염둥이. 착하지, 우리 강아지. 엄만 널 사랑해, 얼른 올게, 우리 보물단지."

잠깐 슈퍼에 다녀올 거면서 그렇게까지 말하는 게 루이에게는 지나쳐 보였다. 피피는 아이의 머리를 적시고 앞머리부터 자르기 시작했다. 루이는 피피 옆, 바퀴 달린 간이 의자에 앉아 자기도 모르게 오른손 둘째와 셋째 손가락으로 가위질을 흉내 내기 시작했다.

"해 보고 싶어?"

피피가 불쑥 나직이 물었다.

루이는 소스라치게 놀랐다.

"아! 아니요, 전……."

"갸랑스!"

피피가 불렀다.

피피는 갸랑스의 소매를 붙들고 자기 앞에 방패막이로 세웠다.

"저분이 우리를 못 보게 하기 위해서야."

그는 루이에게 소곤소곤 말했다.

마이테 원장을 말하는 거였다.

"아찌, 장난해요?"

가브리엘이 물었다.

피피는 그렇다고 고개를 끄덕인 다음 루이의 손에 가위를 쥐어 주었다.

"안 돼요, 전. 안 돼요……."

웃음이 나기도 하고 겁이 나기도 해서 루이는 고개를 가로저었다.

"저 형이 내 머리 잘라요?"

아이가 물었다.

"빨리 해요!"

갸랑스가 두 사람을 재촉했다.

루이는 웃음을 거두고 깜빡이던 눈을 똑바로 떴다. 그리고 잠시 숨을 멈추었다. 앞머리로 가위를 가져간 다음 드디어 자르기 시작했다. 이상하게도 손가락이 어떻게 해야 하는지를 아는 듯했다. 아니면 피피의 가위가 아는 것이리라. 가위 놀림이 자연스러웠다.

"잘하네."

젊은 미용사는 루이를 추켜세웠다.

"끝내주는데. 커트 이미 해 본 적 있지? 아니라고? 믿기지 않는…… 아이구, 저런!"

가위질이 빗나가면서 머리 한 무더기가 뭉텅 잘려 나간 것이다.

앞으로 내려온 예쁜 금발이 이 빠진 빗 꼴이 되고 말았다. 피피는 순간 질린 듯했다. 하지만 그는 수완이 좋은 남자였다.

"가브리엘, 있잖아, 사람들이 너를 여자아이로 볼 때도 있지?"

"네."

아이가 대답했다.

"혹시 남자로 보이고 싶지 않아?"

피피는 눈으로 면도기를 찾으며 아이에게 물었다.

"맞아요."

"정말?"

"네."

"그럼 짧은 머리로 가는 거야."

피피는 입 안에서 우물우물 말했다.

동그랗게 말린 금발 머리카락이 타일 바닥으로 쏟아져 내렸다. 루이는 겁에 질린 채 면도날이 머리를 밀어 대는 것을 바라보았다. 10분 만에 허약해 보이던 아기 천사는 자취를 감추고 대신 씩씩한 사내아이가 나타났다. 피피는 젤을 조금 발라 틴틴처럼 머리 한 가닥을 세워 주었다.

"아이고, 귀여워라!"

갸랑스가 탄성을 올렸다.

가브리엘이 눈을 크게 뜨더니 거울에 비친 머리를 보았다. 아이는 곧 울음을 터뜨릴 듯이 얼굴을 찡그렸다.

"아빠가 좋아하실 거야."

피피가 자신 있다는 듯 말했다.

파르르 떨던 아이의 입술에 커다란 미소가 떠올랐다. 그때 출입문의 차임벨이 울렸다.

"피피!"

마이테 원장이 불렀다.

"가브리엘 다 됐나?"

"네."

마음을 졸이던 젊은 미용사는 중얼대듯 대답했다.

미용사가 의자에서 내려 주자 아이는 쪼르르 달려 나가 자기 엄마 앞에 우뚝 멈춰 섰다.

"난 이제 사내대장부, 가브리엘이에요."

가엾은 엄마는 외마디 비명을 질렀다.

"아니…… 아이를 어떻게 한 거죠?"

피피의 여드름이 파운데이션 아래서 화끈거렸다.

"으음…… 아이가 아빠처럼 되고 싶다고 해서요."

"아빠처럼."

가브리엘이 힘주어 말했다.

"아니, 오, 우리 귀염둥이."

아이 엄마의 목소리가 떨렸다.

"샴푸했나, 피피?"

마이테 원장이 태연한 말투로 물었다.

"안 했어? 그럼, 커트만 계산해서, 십 유로입니다."

찰칵, 드르륵, 계산대 여닫는 소리, 그리고 "가브리엘, 안녕" 하는 인사. 화가 난 마이테 원장은 미용사 쪽을 향했다. 원장은 허공으로 두 팔을 올렸다.

"아니, 정말이지, 필립, 어떨 땐 궁금하다니까……."

원장은 '도대체 제정신인지 말이야'라는 말을 하려다 그만두고 한숨을 내쉬었다.

주눅이 든 루이는 천천히 진열창으로 다가가 이마를 기댔다. 저녁 여섯 시. 날이 어두웠다. 루이는 지쳐서 더 이상 버티기가 어려웠다. 미용실 안은 너무 더웠다. 안녕히 가세요, 감사합니다, 안녕하세요, 예약하시게요? 손님이 끊이지 않았다. 루이는 어렴풋이 그런 생각을 했다. '손님들은 들어올 때는 피곤해 보이지만 나갈 때는 아름다워진다.' 안녕히 가세요, 감사합니다.

"루이, 집에 가야지?"

"아니요, 괜찮습니다, 원장님."

피피가 곁눈질을 했다.

"쓰러지기 일보 직전인데."

호의였지만 자존심 상하는 말이었다.

"견딜 수 있어요."

루이가 대꾸했다.

마이테 원장은 루이가 믿음직했다.

루이는 정말로 한 시간을 더 견뎌 냈다. 그러고 나자 문득 부모님이 걱정하실 텐데 하는 생각이 들었다. 루이는 저녁 일곱 시 십오 분에 마이테 미용실을 나섰다. 눈이 충혈되고 코 안이 화끈거렸다. 다리도 후들거렸다.

"흠흠, 냄새 좋은데."

루이가 거실로 들어서자 플로리안이 한마디 했다.

루이는 온갖 여성용 향수 냄새를 풍기고 있었다.

"꼴통한테 전화 왔었어."

루도빅을 말하는 거였다.

"용건이 뭐래?"

"제니퍼* 사인 받은 거 말하려고 했대."

루이는 코웃음을 쳤다. 쳇, 제니퍼 사인이라. 루도빅이 불쌍했다.

저녁 식탁에서 페리에 씨는 아들이 지쳐 있는 걸 보았다.

---

* 프랑스의 여가수.

"실습을 시작해서 그래."

페리에 부인이 나서서 설명했다.

"아, 그렇지!"

페리에 씨는 기억이 났다.

"그래, 라디오 방송국은 마음에 들더냐?"

루이는 눈을 동그랗게 뜨고 아버지를 쳐다보았다.

"다…… 당신은 모르던가, 여보?"

페리에 부인은 말을 더듬었다.

"결국 루이는 마이테 미용실에서 하게 됐어. 얘가 거길 원해서."

페리에 씨는 잠깐 어리둥절했다. 정말이지 저 애는 이해할 수가 없었다.

"그럼, 거기는 어땠냐?"

"괜찮아요."

"괜찮은지를 묻는 게 아니야."

루이의 아버지는 발끈했다.

"하루 종일 무얼 했는지 얘기해 보라는 거야."

루이는 눈앞에 벽을 마주하고 앉은 기분이 들었다. 무슨 얘길 하라는 건가?

"사람들이 머리 자르러 와요."

"그럼 오빠한테 머리를 자르게 해 줘?"

플로리안이 궁금해했다.

루이는 가브리엘의 머리를 짧게 자른 얘기를 해서 흥미를 끌 수도 있었다. 하지만 얘기가 좀 복잡했다. 영 다른 세계라서 설명이 필요했다.

“아직 내가 할 수 있는 건 아무것도 없어.”

루이가 투덜댔다.

페리에 부인은 아들의 시무룩한 말투가 걱정이 됐다.

“네가 원하면 지금이라도 바꿀 수 있지 않겠니?”

“그게 말이 된다고 생각해!”

페리에 씨가 반대하고 나섰다.

“거기 있어, 그대로. 변덕 좀 그만 부리고.”

루이는 무거운 짐을 내려놓은 듯했다. 남은 식사 시간 동안에는 더 이상 아무도 미용실 얘기를 꺼내지 않았다.

3
22일 수요일

루이는 침대에서 벌떡 일어났다. 덧창 사이로 햇살이 비춰 들고 있었다. 아니, 도대체 몇 시나 된 거지?

"이런 제기랄!"

루이는 자명종 맞춰 놓는 걸 깜빡 잊어버렸던 것이다. 루이는 부엌으로 뛰어갔다. 차를 두 잔째 마시고 있던 엄마는 루이를 보고 다정스레 미소 지었다.

"곤히 자길래 깨우지 않았어."

"아니, 깨웠어야죠!"

루이는 속이 상해서 소리를 질렀다.

9시 5분 전이었다. 루이는 전날 갸랑스처럼 미용실에 지각할 거다.

“뭐 그렇게 속상해할 것 있니?”

엄마는 루이가 진정하기를 바랐다.

“예비 실습에 불과하잖아. 그리고 넌 어제 늦게 돌아왔고. 그러니까 오늘 아침에는 늦게 가도 돼.”

“무슨 소리예요, 안 된다니까요.”

루이는 울먹이며 투덜댔다. 그리고 곧장 옷을 갈아입으러 뛰어갔다.

“시리얼이라도 먹고 가야지!”

엄마가 소리쳤다.

루이는 가면서 먹으라고 주는 비스킷조차도 뿌리쳤다. 자신에 대해 화가 나서 스스로 벌이라도 주고 싶은 심정이었다. 정신없이 계단을 내려가 미용실로 가는 내내 뛰었다. 차가운 공기가 코 안으로 들이쳤다. 온몸이 뻐근하고 욱신욱신 쑤셨다. 아직 전날의 피로가 풀리지 않은 탓이었다. 루이가 9시 25분에 미용실 안으로 들어서자, 벌써 모두들 와 있었다.

“나한테 일 유로 빚진 거야!”

클라라가 이층 난간 너머로 피피에게 소리쳤다.

“네가 오늘 오지 않을 거라고 내기를 했었거든.”

피피가 웃으며 설명했다.

루이는 피피를 흘겨보고 계산대로 다가갔다.

"죄송합니다, 엄마가 깨워 주지 않아서요."

"아직도 엄마가 깨워 줘야 하는 나이는 아니지."

마이테 원장이 대꾸했다.

루이한테 앙심을 품고 있는 갸랑스는 루이를 좀 더 몰아세우기로 작정을 했다.

"네가 다니는 미용실 주소 어떻게 돼?"

슬쩍 거울을 보고 나서 루이는 사태를 짐작했다. 빗질을 할 시간이 없었던 것이다. 삐죽 솟은 머리카락을 손바닥으로 눌러 제자리로 돌아가게 하려 했지만 머리카락은 바로 다시 곤두섰다.

"안테나 달고 다니는 것도 보기 싫지는 않아."

보조 미용사가 킥킥댔다.

쉬고 있던 피피가 루이의 어깨를 툭 한 대 친 다음 샴푸실을 가리켰다.

"손질해 줄게."

루이는 자신이 우스꽝스럽게 느껴져 잠자코 피피를 따라갔다. 젊은 미용사는 루이의 머리를 감겨 주었고 실습생인 루이는 손님이 되었다. 피피는 가위를 들고 찰깍찰깍 새의 부리처럼 두 번을 부딪쳤다.

"자, 어떻게 해 드릴까?"

루이는 피피가 허물없이 대하는 게 좋았다.

"피피, 자기 손님이 많아!"

그때 마이테 원장이 피피를 불렀다.

피피는 어깨를 으쓱해 보이고는 다른 가위를 하나 집어 갸랑스에게 내밀었다.

"자, 연습해 봐."

그러고는 가 버렸다.

"헉, 안 돼요!"

루이는 비명을 질렀다.

"스포츠형으로 확 밀어 줄까?"

보조 미용사가 루이에게 물었다.

보조 미용사는 가위보다 바리캉이 더 익숙한 것 같았다.

"어디 아파?"

루이가 거칠게 대꾸했다.

"머리는 말리기만 하면 돼."

갸랑스는 고갯짓으로 원장을 가리켰다.

"연습을 해야 돼. 아니면 원장이 또 쪼아 댈 거야. 됐어, 짧은 머리로 해 줄게. 끝을 가늘게 쳐서 별모양으로 말이야. 전번에 내 남자 친구한테 해 봤거든. 못 봐줄 정도는 아니더라고."

루이는 기가 막혔다. 갸랑스는 전혀 실력이 있어 보이지도 않고 미용일에 열정이 있어 보이지도 않았다. 하지만 루이는 속으로 '갸랑스에게 남자 친구가 있다. 갸랑스는 몇 살일까? 나보다 많을까…… 열다섯, 열여섯' 이런 생각을 하면서 머리를 맡겼다. 눈을 보호할 겸 그리고 끔찍한 결과를 보지 않기 위해서 두 눈을 꼭 감았다. 루이의 귀에 갸랑스가 "이런 젠장"을 연발하는 것이 들렸다. 10분쯤 지나자, 보조 미용사는 "어머, 어머" 하더니 가위를 던지고는 '살려 줘요!'를 외치듯이 피피를 불렀다.

젊은 미용사가 다가오더니 두 손을 허리에 짚고 거울에 비친 루이의 모습을 뜯어보았다.

"잘 봐, '층을 내는' 것과 '삐죽삐죽 쥐가 뜯어 먹은' 것과는 다르다는 거."

"아침에는 정신이 잘 안 들어서요."

갸랑스가 징징댔다.

루이는 정말 딱해 보였다. 피피가 자신의 가위를 들더니 곧바로 자르기 시작하며 설명을 곁들였다.

"여기는 이렇게 선을 따라가며 잘라야지(싹둑싹둑), 이렇게 직각으로 하지 말고. 자연스럽게 삐친 효과를 내 볼 테니까, 가만있어 봐(싹둑싹둑), 하지만 옆선은 아주 짧게 자르고. 젖은 효과를 내게 젤 이리 줘 봐."

싹둑싹둑 몇 번 가위를 움직이더니, 피피는 루이를 헤어젤 모델로 바꾸어 놓았다.

"이게 바로 피피의 스페셜, 번개 머리 스타일이란 거야."

젊은 미용사는 자신의 솜씨에 도취한 듯 자신 있게 물었다.

"맘에 들어?"

루이는 수줍은 듯 거울 쪽을 쳐다보았다. 용기를 내서 꼼꼼히 살펴보고는 꼬마 가브리엘이 그랬던 것처럼 빙그레 웃었다. 루이는 방금 잠자리에서 일어난 소년 같았지만 개구쟁이처럼 보여 자기가 아닌 것 같았다.

"이 머리로 학교에 가진 못할 것 같아요."

루이는 조심스럽게 말했다.

"왜 못 가, 끝내주게 귀여워!"

갸랑스가 호들갑을 떨었다.

루이는 뜻밖의 칭찬을 받고 얼굴이 빨개졌다.

"어이, 친구, 갸랑스랑 잘해 봐."

피피가 어깨에 주먹을 먹이며 농담을 했다.

수요일은 꼬마 손님들이 많은 날이었다. 마이테 원장은 계산대 옆에 바구니를 놓고 콜라맛 막대 사탕을 담아 두었다. 아침나절에 한 할머니가 문을 열어 달라고 했다. 양 손에 아이를 한 명씩 데리고 있었다. 테오와 레아였다. 모두들 반갑게 맞이했다.

남자아이는 아직 미용사와 의사를 혼동하는 듯 불안한 눈빛을 보였다.

"엄마는 안녕하시니?"

마이테 원장이 작은 소리로 물었다.

"좋아지셨어요."

아이가 안으로 들어왔다.

"좋아졌어요."

할머니가 아이의 말을 되풀이했다.

"애 엄마가 직접 나와서……."

노인은 마네킹이 쓰고 있는 가발들을 가리켰다.

"그러지 않으셔도 돼요."

클라라가 끼어들었다.

"제가 댁으로 가서 맞춰 드리면 돼요. 밝은 갈색, 맞지요?"

피피는 레아를 샴푸실로 데려갔고 클라라는 테오의 키에 맞추어 몸을 굽혔다.

"누나 머리 감는 거 보러 갈까?"

테오는 할머니의 손을 놓고 향수 냄새가 나는 예쁜 여자를 따라갔다. 할머니는 그사이에 계산대로 갔다. 노인은 누군가에게 털어놓고 싶어했다.

"처음 한 달은 정말 힘들었어요. 정말이지 무척 힘들었어요. 이제는 좀 덜 아파해요. 그런데 머리는 몽땅 빠졌어요. 약의 화학 성분이…….”

마이테 원장은 오랜 단골 손님의 얘기를 들으며 때로는 한숨짓고 때로는 고개를 끄덕였다. 노인은 조금씩 슬픔에서 벗어났고, 어느새 휴가 때 찍은 사진을 꺼내 놓고는 소리 내어 웃기 시작했다.

“좀 더 자주 들러야겠어요.”

노인은 두 아이의 샴푸와 커트 값을 치르며 말했다.

아이들이 나가자 루이가 물었다.

“자, 뭐 사다 드릴까요?”

갸랑스는 콱 죽이고 싶은 충동을 느꼈다. 하지만 이번에는 눈치를 챈 루이가 어깨에 파카를 걸치고 갸랑스 쪽으로 향했다.

“같이 갈까?”

갸랑스는 마이테 원장 쪽을 쳐다보았다.

“가도 되는지…….”

원장은 자못 엄한 목소리로 허락했다.

“둘이 갔다 와. 늦진 말고.”

원장은 미용실 진열창을 통해 두 청소년이 나란히 레퓌블리크가 쪽으로 멀어져 가는 것을 지켜보았다. 이어서 거울로 옮겨 간 원장의 눈길은 피피와 마주쳤고 두 사람은 서로 싱긋 웃었다.

“쳇, 그 미용실은 감옥이야.”

갸랑스는 길모퉁이를 돌기가 무섭게 볼멘소리를 했다.

"담배 한 대 피울 수도 없어."

갸랑스는 담뱃갑을 꺼내 루이에게 내밀었다. 루이는 고개를 저었다.

"너 몇 살이야?"

루이는 한 살을 속이기로 했다.

"열다섯. 너는?"

"열일곱."

"과연 그럴까?"

루이는 덤덤하게 말했다.

"치, 너 역시 과연 그럴까? 너 열네 살이잖아. 어제 너 가고 나서 원장이 말해 줬거든."

루이는 피식 웃었다. 함정에 빠진 셈이기는 하지만 악의는 없었다. 두 사람은 잠시 동안 말없이 걸었다. 냉랭했지만 같이 가는 건 좋았다.

"미용 일은 마음에 들어?"

루이는 이미 대답을 알면서 물었다.

"학교 성적이 바닥이었어. 그래서 선생님들이 미용실이나 상점 점원 일을 권했어. 상점으로 갈 걸 그랬나 봐. 미용 일은 골치 아픈 게 너무 많아."

그 말을 하고 나서 별 뜻 없이 덧붙여 말했다.

"사실 난 일하는 거 싫어."

그러고는 화제를 바꾸기로 마음먹었다.

"클라라에 대해서 어떻게 생각해?"

루이는 뭐라고 대답해야 할지 몰랐다. 클라라는 클라라가 아닌가.

"이상해."

갸랑스가 말을 이었다.

"클라라가 사귀는 남자를 보면. 왜, 있잖아, 양말을 추리닝 밖으로 꺼내 신고는 깡패처럼 구는 자식들, 그리고……."

"사람 등 뒤에서 그런 말 하는 거 싫어."

루이는 갸랑스의 말을 끊었다.

갸랑스는 입을 딱 벌린 채 할 말을 잃었다. 남의 흉을 보지 않으면 도대체 무슨 할 얘기가 있단 말인가?

오후는 시작이 좋지 않았다. 추적추적 비가 내렸고 손님 두 명이 전화로 예약을 취소했다. 세 번째 전화벨이 울렸는데, 이번엔 클라라의 핸드폰 소리였다.

"여보세요? ……근무 시간에 전화하지 말라고 했을 텐데."

클라라는 기어들어 가는 목소리로 전화를 받았다. 그녀는 혼자 있을 곳을 찾아 이층으로 올라갔다. 하지만 귀가 밝은 루이에게는 통화하는 소리가 들렸다.

"안 돼, 오늘 저녁에는. 네 얘기라면 이제 신물이 나."

이층에서 내려온 클라라의 코에 물기가 어른거렸다. 클라라는 분을 다시 바르며 울음을 참고 코를 훌쩍였다.

"감기 걸렸어?"

원장이 걱정스레 물었다.

"루이, 출입문 꼭 닫아. 클라라에게 휴지를 가져다주고!"

루이는 원장이 계산대에서 거의 꼼짝을 하지 않는다는 생각을 했다.

"손 없는 바보로구먼."

게으른 사람을 질색하는 루이 할머니 같으면 그렇게 말했을 거다.

오후가 저물 무렵에는 사정이 나아져서 출입문의 차임벨 소리가 끊이지 않았다. 마이테 원장은 커피를 대접하며 기다리게 해서라도 결코 손님을 그냥 나가게 하는 법이 없었다.

"안녕하세요, 샴푸하고 커트하실 건가요? 바로 해 줄게요."

방금 루도빅이 들어왔다. 원장의 단호한 말투 때문에 루도빅은 말을 건넬 엄두도 내지 못했다. 바이브레이션 라디오 방송국에서 인턴십을 마친 다음, 호기심도 나고 장난 삼아 마이테 미용실에 들어선 참이었다. 미용실에서 인턴십을 한다는 건 아무래도 쑥스러운 일이었다.

"갸랑스!"

마이테 원장이 불렀다.

"아 참, 일하고 있지."

보조 미용사는 징징대는 여자아이의 머리를 감기고 있는 중이었다.

"앗, 차거워, 아이, 뜨거워, 아파요, 좀 살살 해 줘요!"

"루이! 루이!"

마이테 원장이 불렀다.

"손님 옷 받아야지."

루이는 무심코 나왔다. 학교 친구를 알아본 루이의 얼굴에서 웃음이 싹 가셨다.

"그렇게 서 있기만 할 거야?"

원장이 성화를 부렸다.

루이는 루도빅에게 다가가 파카를 벗기고 가운 입는 것을 도와준 다음, 샴푸실 쪽으로 안내했다. 모두들 손님에게 매달려 있었다. 피피가 새로 온 손님을 힐끗 보고는 말했다.

"지성용 샴푸 해 드려. 루이, 초록색 병."

루이는 더 이상 물러설 수가 없었다.

"앉으세요. 의자 높이는 괜찮습니까?"

루도빅은 농담을 하려고 했지만 루이는 진지한 태도를 잃지 않았다.

"물이 뜨거우면 말씀하세요."

말을 마친 루이는 피피가 하는 것처럼 콧노래를 흥얼거리며 학교 친구의 머리를 감기기 시작했다. 만약 여기서 누군가가 모욕감을 느낀다면 그건 분명 루이는 아닐 것이다.

"다 됐습니다. 곧 클라라가 해 드릴 겁니다."

그날 저녁, 무거운 발걸음으로 집에 왔을 때 루이는 한꺼번에 많은 사람의 인생을 경험한 것 같은 기분이 들었다. 머리가 좀 멍했다. 늘 그렇듯 플로리안이 제일 먼저 루이를 맞아 주었다.

"우아, 끝내주게 멋있다!"

플로리안이 루이를 추켜세웠다.

루이는 팔을 뻗어 동생을 붙잡고 까닭 없이 끌어안았다.

"웬일이야, 오늘은 내가 좋다 이거지."

플로리안은 한마디 하고는 깡충깡충 뛰어가 버렸다. 텔레비전에서 샤메드를 할 시간이었기 때문이다. 평소 저녁처럼 루이는 소파에 등을 기대고 몸을 내맡겨 카펫 위로 미끄러져 내렸다. 바닥에 뒹구는 인형들 중에서 레퐁스 인형을 집어 들었다. 인형의 머리가 풀어 헤쳐져 있었다. 루이는 인형을 동생에게 내밀며 말했다.

"머리를 어떻게 땋는지 한번 해 볼래?"

4
23일 목요일

이튿날 루이가 욕실 거울을 보았을 때 근사했던 머리는 간데없고 멋없이 뻗친 몇 가닥만 남아 있었다. 문득 잡지 안에 들어 있던 증정용 헤어젤 샘플이 생각났다. 루이는 그것을 뜯어내 머리를 번개 머리 스타일로 다시 손질했다.

"이제 네가 멋을 다 내는구나."

엄마는 현관에서 마주친 아들을 보고 놀렸다.

"미용실에 맘에 드는 아가씨라도 있는 거니?"

루이는 멋쩍은 듯 씩 웃었다. 땋아 올린 엄마의 누런 쪽머리에 무거운 느낌을 받아 보기는 처음이었다.

"오늘 늦을 거예요."

루이는 엄마에게 미리 알렸다.

미용실 닫는 시간까지 있을 요량이었다. 루이는 마이테 원장이 계산대 밑에서 잘 거라는 엉뚱한 생각을 떨쳐 버리기 위해서라도 퇴근 후 어디로 가는지 알고 싶었다.

목요일은 보통 눈코 뜰 새 없이 바쁜 금요일에 비해 한가한 날이었다. 루이가 들어섰을 때 미용실은 한산했다. 피피는 루이의 헤어스타일을 보고 엄지손가락을 추켜올렸다.

"하나 살까 봐요."

루이는 헤어젤 튜브를 가리키며 말했다.

"갖다 써."

마이테 원장이 루이에게 인심을 썼다.

놀라운 일이었다. 원장은 인색한 사람인데 루이에게는 무료란다.

갸랑스는 벌써 와서 잡지를 뒤적이며 한숨을 푹푹 내쉬고 있었다. 그러려면 집에서 누워 있는 게 나을 텐데.

"어제 저녁에 클라라한테 무슨 얘기 없었어?"

마이테 원장이 물었다.

피피는 고개를 가로젓더니 시계를 보았다. 클라라는 좀처럼 늦는 법이 없었다.

"오늘 아침 전차가 아주 뜸해요."

갸랑스가 잘 생각해 보지도 않고 되는대로 한마디 했다.

"바보 같은 소리 좀 그만해. 클라라는 걸어오거든."

마이테 원장이 핀잔을 주었다.

10시가 되어도 젊은 여자 미용사는 출근을 하지 않았고 미용실은 활기를 띠기 시작했다. 루이는 걱정이 돼서 자꾸 진열창을 통해 밖을 내다봤다. 문득 선명한 분홍색 숄에 얼굴을 파묻고 길을 건너오는 클라라가 보였다. 클라라는 단숨에 뛰어 들어와 탈의실 쪽으로 갔다. 루이는 눈짓으로 마이테 원장의 의견을 물었다. 원장이 혼잣말처럼 중얼거렸다.

"가서 보고 와."

미용실 안쪽에서 클라라는 피피의 어깨에 쓰러지듯 기댔다. 루이가 다가섰다.

"자, 이거 받아."

피피가 동료를 살짝 밀어내며 파운데이션 갑을 내밀었다.

"내 말 믿고 한번 발라 봐. 감쪽같을 거야."

클라라가 고개를 들자 퍼렇게 멍든 볼이 루이의 눈에 들어왔다.

"그 자식이 나한테 강요하려고 해서…… 하지만 절대로…… 절대로."

클라라가 울먹이며 입을 열었다.

"그 친구한테 이미 말했다면서?"

"자기 생각으로는 그 자식이 왜 나를 때린 것 같아?"

클라라는 파운데이션을 받아들고 피피에게 비주*를 했다.

"고마워."

루이는 자신이 피피였으면 얼마나 좋을까 하는 생각을 했다. 클라라를 위로하고 보호해 주고 싶었다. 자신이 그럴 수 있을 만큼 자란 것 같았다. 루이는 살금살금 걸어서 마이테 원장 쪽으로 돌아왔다.

"누가 때렸대요."

달리 설명할 수가 없어 그렇게만 말했다.

"못 벗어날 거야."

원장은 마뜩잖은 듯 중얼거렸다.

15분 후, 클라라는 일을 하기 위해 자기 자리에 와서 섰다. 보통은 안색이 창백한데 그날은 얼굴빛이 멋진 섬에서 휴가를 보내고 돌아온 것 같았다. 하지만 이따금 살짝 찡그리면서 볼로 손을 가져가곤 했다.

점심 시간 조금 전에 출입문이 열리더니 이상한 모자를 쓴 젊은 여자가 들어왔다.

---

* 프랑스에서 인사로 볼에 하는 뽀뽀.

"어머나, 뭘 이렇게까지 나오셨어요, 메니에 부인! 클라라가 댁에 들러도 되는데."

여자를 알아본 원장이 말했다.

"와 보고 싶어서요."

마치 비쩍 마른 사내아이가 한껏 멋을 낸 듯한 모습의 손님이 대답했다.

"목요일이라 미용실이 한가할 것 같기도 하구요."

손님이 모자를 벗었을 때 루이는 악 하고 소리 지를 뻔했다. 머리카락이 한 올도 없는 민머리였다. 그제야 테오와 레아, 할머니, 그리고 화학 성분의 약, 암, 그런 말들이 생각났다. 루이의 눈시울이 흐려졌다.

클라라는 메니에 부인에게 자리를 권하고 가발을 써 보게 했다. 두 사람은 진지하게 색깔과 손질법에 대해 얘기를 나누었다. 그때 피피가 끼어들었다.

"와, 저거, 정말 좋아요."

피피는 황갈색의 길고 탐스러운 웨이브 머리를 집어 들며 말했다.

그러고는 그걸 쓴 다음, 몽롱하게 취한 목소리로 연신 '정말 좋아요'라고 했다. 그러다 클라라의 선명한 분홍색 숄을 들고 몸에 둘렀다. 배꼽 잡는 패션쇼가 시작되었다. 피피는 가발을 계속 바꿔 쓰고 숄을 치마로, 사리로, 챠도르로, 두건으로 바꿔 연출해 가며 패션쇼 해설자의 거만한 목소리로 일일이 해설을 달았다. 루이는 허리가 끊어지게 웃었다. 마이테 원장도 체면을 벗어 던지고 깔깔 웃었다. 하지만 피피가 클라라의 루즈 갑을 열자 원장은 정신을 차리고 모두 제 위치로 돌아가도록 간단히 한마디 했다.

"자, 필립……."

메니에 부인은 잘 포장된 가발을 들고 나가며 두 눈을 훔쳤다. 부인도 맘껏 웃었던 것이다.

오후가 되자, 클라라는 저녁에 나이트클럽에 갈 갸랑스에게 아프리카식으로 머리를 땋아 주겠다고 했다. 루이는 등받이 없는 의자에 앉아 머리 땋는 것을 유심히 바라보았다. 그러다 허공에 대고 클라라의 손놀림을 따라 하기 시작했다.

"손님 오셨어, 클라라!"

마이테 원장이 불렀다.

미용사는 갸랑스를 두고 가 봐야 했다.

"어, 오래 걸려요?"

보조 미용사는 적잖이 당황했다.

일이 꼬이려니까 손님은 커트에 염색과 머리 손질까지 한다고 했다. 갸랑스는 반쯤 땋다 만 자신의 머리를 거울에 비추어 보았다.

"내가 뭐 같아?"

루이가 의자에서 내려섰다.

"나머지는 내가 해 줄까?

"네가? 누구 머릴 망칠 일 있어!"

순간 얼굴이 빨개졌지만 루이는 당황하지 않았다. 머리를 한 줌 잡은 다음, 조금 전에 본 대로 땋아 내려갔다. 10분 후, 피피가 놀란 얼굴로 다가왔다.

"그러니까 가만있자, 혼자서 해낸 건데……. 원장님! 보셨어요?"

모두들 다가와서 칭찬을 아끼지 않았다. 루이는 학교 다니면서는 한 번도 그런 칭찬을 들어 본 적이 없었다.

"미용사가 되려면 어떤 공부를 해야 하나요?"

루이가 물었다.

"기술자격 과정을 해야지, 삼 년 걸려."

피피가 대답했다.

"중학교 마치고요?"

"응, 그다음에는 기술면허 과정이 있어. 이 년 더 하면 돼. 그거 있으면 미용실도 열 수 있고, 보조 미용사도 받을 수 있지. 그 다음에 이 년 더 공부하면 전문가 자격증을 딸 수 있어. 그때부터는 미용 기술을 가르칠 수도 있어."

"학교에서 어떤 거 배우는지 보여 줄까?"

갸랑스가 끼어들었다.

조그만 배낭에서 갸랑스가 숙제가 적힌 꼬깃꼬깃한 종이를 꺼내자, 루이가 죽 훑어보았다.

30세가량의 여자 고객이 전체적으로 약하게 파마를 하되, 목덜미 쪽은 좀 세게 해 주길 원한다. 고객의 머리는 층을 낸 단발이고(길이는 최대 24) 탈색을 해서 밝은 톤이다.

1-고객이 요구한 머리를 하려면 어떻게 하시겠습니까?

2-이 경우에 파마용 컬클립은 어떤 역할을 합니까?

3-알칼리성 파마에 쓰는 중화제를 선택하십시오.

읽어 내려가면서 루이의 눈이 휘둥그레졌다. 잘 모르겠다는 표정을 지으며 루이는 갸랑스에게 문제지(갸랑스의 점수는 20점 만점에 7점이었다)를 돌려주었다.

클라라의 고객이 떠났다. 미용실이 다시 한가해지자, 모두들 땅에서 잡아끄는 듯 발이 무겁고 다리도 천근만근이었다. 피피가 바이브레이션 라디오 방송을 켰다.

"내가 좋아하는 탱고 곡이잖아!"

피피는 환호성을 올리더니, 남미 댄서의 비감한 표정으로 옆으로 몇 스텝 밟았다.

"출래?"

피피가 클라라에게 춤을 청했다. 젊은 여자는 내키지 않는다는 듯 피식 웃었지만, 아코디언 소리에 마음이 끌렸다. 그녀는 피피에게 다가가 한 팔을 옆으로 뻗고 도도한 포즈로 옆으로 세 스텝을 미끄러졌다. 클라라는 늘 하이힐을 신고 있어서 피피의 키가 클라라의 가슴께쯤 왔다. 루이는 사방의 거울에 비치는 이 웃기는 광경을 피하기 위해 시선을 어디다 두어야 할지 난감했다.

"출래?"

갸랑스가 루이에게 청했다.

"아니, 아니, 난…… 난 춤출 줄 몰라."

"괜찮아."

갸랑스는 루이를 안심시켰다.

갸랑스는 이미 팔을 루이의 허리로 가져갔다. 그때 문에서 차임벨 소리가 났다.

"어머나, 분위기 좋네요."

염려하는 듯한 목소리가 들렸다.

"피피, 라디오 볼륨 낮춰요!"

원장이 소리쳤다.

원장은 웃으며 손님이 너그러운 마음을 가져 주기를 바랐다.

"젊은 사람들이라서……. 이렇게 한 번씩 즐겨야 하거든요. 머리 손질하러 오셨지요?"

갸랑스가 노처녀 라뽀뽀르를 위해 바닐라 차를 준비하러 가는 바람에 루이는 휴 살았구나 싶었다. 저녁 6시가 되자 마이테 원장은 갸랑스에게 가 보라고 했다. 피피가 문간까지 배웅하며 갸랑스를 향해 노래를 불러 댔다.

"오늘 저녁 나는 세상에서 가장 아름다운 미녀가 되어 춤추러 간답니다."

앳된 보조 미용사의 화장은 클라라가 해 주었다. 쭉 째진 눈, 오동통한 볼, 고집스러워 보이는 조그만 입, 그리고 머리를 땋아 내린 갸랑스는 오를레앙 교외의 밤을 밝히러 떠났다. 루이는 약간 실쭉해서 진열창으로 갸랑스를 바라보고 그녀의 남자 친구를 떠올리며 그 친구를 위해 머리를 땋았구나 하는 생각을 했다.

"루이도 가도 돼, 이젠 별일 없을 테니까."

마이테 원장이 말을 꺼냈다.

하지만 루이는 괜찮다고 했다. 샤메드를 못 보는 건 아쉽지만. 미용실 문을 닫을 때까지 있을 작정이었다.

저녁 7시 반에 문을 닫기로 의견이 모아졌다. 루이는 탈의실로 코트들을 가지러 갔다. 코트를 한 아름 안고 돌아오던 루이는 바닥에 몽땅 떨어뜨릴 뻔했다. 피피가 마이테 원장의 의자 나사를 풀고 있었다. 하루 종일 카운터에 끼워져 있던 휠체어였다. 클라라가 커튼을 당기자 벽으로 난 문이 드러났다. 마이테 원장은 미용실과 붙어 있는 집에 살고 있었던 것이다.

"루이, 무슨 일 있어?"

원장이 물었다.

루이는 겁에 질린 눈으로 원장을 바라보았다.

"몰랐어?"

"예……. 전…… 몰랐어요."

"교통사고였어. 루이, 잘 자. 헤어젤 잊지 말고 가져가."

피피가 루이를 부르고뉴가에 있는 집까지 태워다 주었다. 가는 길에 루이에게 마이테 원장 얘기를 해 주었다. 사고는 십여 년 전으로 거슬러 올라갔다. 원장은 당시 오를레앙 교외, 쌩장드브레에 지금보다 훨씬 초라한 미용실을 열고 있었다. 교통사고는 원장에게서 두 다리, 아들, 남편, 그렇게 모든 것을 앗아 갔다. 원장은 보험금으로 시내에 현재의 미용실과 나란히 붙은 집을 장만할 수 있었다. 매일 아침, 파출부 테레사가 와서 돌봐 주고 카운터 뒤에 데려다 놓는다. 저녁에는 피피나 클라라가 집으로 데려다준다. 마이테 원장은 한 번도 사고에 대해 말한 적이 없었다. 불행은 손님을 쫓아내는 법이라고 잘라 말하곤 했다. 피피는 루이를 집 앞에 내려 주었다. 루이는 클라라와 그녀의 덜 떨어진 사내, 마이테 원장과 휠체어, 갸랑스와 아르헨티나 탱고를 이것저것 떠올리며 계단을 뛰어올라갔다. 행복한 건지 불행한 건지 알 수 없었다. 기진맥진, 피곤할 따름이었다.

그날 저녁 루이는 플로리안에게 바비 레퐁스 인형의 머리를 아프리카식으로 땋는 법을 가르쳐 주었다.

5
24일 금요일

실습 나흘째 되는 날, 루이는 아직 인생에서 배울 게 많다는 걸 깨달았다.

"오늘 결혼식 손님이 있어."

마이테 원장은 꽤나 기분이 좋은 듯 루이에게 알렸다.

"누가 오죠?"

루이는 클라라를 염두에 두고 물었다.

"신부하고 시어머니. 다행히 같은 시간에 오지는 않아."

루이는 말뜻을 이해하지 못한 채 유니폼으로 갈아입으러 갔다. 갸랑스가 기다려졌다. 물론 갸랑스는 지각했고 비몽사몽 걸어왔다.

"전차 핑계 댈 생각일랑 마라."

마이테 원장이 선수를 쳤다.

갸랑스는 실없는 소리를 하지 않으려고 입술을 깨물었고 곧장 탈의실로 가서 루이를 만났다.

“그래, 좋았어?”

루이가 물었다.

“끝내줬지.”

갸랑스는 건성으로 대답했다.

“아니, 끔찍했어.”

“그래? 무슨 일 있었어?”

“일은 무슨. 그냥 내 남자 친구가 잘났다고 보드카를 마셔 댔을 뿐이야. 그러다 내 옛날 남자 친구가 나타났어. 두 인간은 급기야 서로 치고받았고 그 사람 눈두덩이 부근이 찢어졌어.”

“두 사람 중, 누…… 누구?”

갸랑스는 짜증난 표정을 지었다.

“누구긴 누구야, 지금 남자 친구지! 피가 줄줄 흘렀어. 새로 산 내 웃옷에도 묻고 말이야. 그러고는 또 사방에다 대고 토하느라고……. 그런데 넌, 잘 지냈어?”

루이는 전날 저녁을 되돌아보았다. 식구들과 저녁 먹고 샤워하고 이 닦고 잡지를 반쯤 읽다가 10시 15분에 불을 끄고 잤다.

“응, 별일 없었어.”

"여자애랑 키스해 봤어?"

뜬금없이 갸랑스가 물었다.

"아니."

루이는 자신의 실토를 후회할 겨를도 없었다. 갸랑스가 벌써 달려들어 키스를 했다. 루이는 당황해서 어찌할 바를 모르다가 갸랑스를 밀어냈다.

"넌 여자가 싫어?"

"무슨 소리야? 아냐, 그렇지 않아!"

루이는 악을 썼고 곧 울음을 터뜨릴 것 같았다. 갸랑스는 루이가 측은한 듯 살며시 웃었다.

"진정해."

시어머니인 바라동 부인은 정확히 11시에 도착했다.

"흰머리나 안 보이게 그냥 염색만 해 줘요."

부인이 클라라에게 말했다.

"내가 시집가는 것도 아니고. 우리 며느리는 몇 시에 온다고 하던가요?"

"오후 두 시요!"

마이테 원장이 카운터에서 소리쳤다.

"글쎄요, 그 시각에 올 수 있을런지! 그전에 피부 관리도 받아야 하고, 손톱 발톱 관리도 받아야 하거든요. 전신을 손봐야 한대요. 우리 며느리가 글쎄, 뻔뻔스럽게 서른두 살이라고 말한 거 아세요? 서른두 살이래요!"

바라동 부인은 느닷없이 웃음을 터뜨렸다.

"시청에 낼 서류를 봤어요. 마흔한 살이더라니까요! 거짓말만 일삼는 생활을 그만둘 때도 됐는데 말이에요!"

루이는 귀를 틀어막고 싶었다. 하지만 피피는 신이 난 듯 은근히 부추겼다.

"저라면 며느님이 주름살 제거 수술을 받았다고 해도 놀라지 않을 거예요."

시어머니의 눈에 의기양양한 빛이 스쳤다.

"양 볼이 위로 당겨 올라간 거 봤지요? 자연미가 조금도 없어요."

예비 신부는 시어머니가 떠난 뒤 도착했다.

"대사를 치를 마음의 준비는 된 거죠?"

클라라가 물었다.

"뭐, 긴장되진 않아요. 시어머니가 다 알아서 하시거든요. 저한텐 예쁘게 가꿀 생각만 하라고 하시네요!"

"시어머니가 그러시니 얼마나 좋아요."

피피가 감탄하는 시늉을 했다.

"네, 제가 복이 많나 봐요."

손님도 맞장구를 쳤다.

"피피, 너무 빠글빠글하게 하지 마세요, 나이 들어 보일까 봐……"

오후가 저물 무렵, 피피는 신부를 출입문까지 배웅했다. 피피는 결혼식 종소리처럼 차임벨 소리가 나도록 문을 흔들었다.

"행복을 향해 출발!"

피피가 경쾌하게 소리쳤다.

"잘 알지도 못하면서 놀리지 말아요."

마이테 원장이 피피를 나무랐다.

금요일인데도 그날 오후는 손님이 뜸했다.

"월말 기분이 드네."

약간 머쓱해진 원장이 한마디 했다.

그러고는 납부해야 할 세금에 대해 궁시렁대더니 더 이상 수지가 맞지 않는다는 둥, 이러다 결국 가게를 닫을 수밖에 없을 거라는 둥, 불평을 늘어놓았다. 루이는 걱정스레 원장의 말을 들었다. 하지만 곧 다른 사람들은 전혀 귀담아듣지 않고 있다는 걸 깨달았다. 갸랑스는 벽에 등을 기대고 꾸벅꾸벅 졸고 있었고 피피는 브러시들을 닦으며 콧노래를 불러 댔다. 클라라는 이층으로 올라가 화장을 고쳤다.

"오늘 밤 나랑 같이 패션쇼에 갈 사람?"

불쑥 피피가 물었다.

침묵이 흘렀다.

"모두 한꺼번에 대답하지 말고."

피피가 실쭉해서 말했다.

"어떤 행사인데요?"

루이가 물었다.

"내 친구 맨프레드가 여는 거야. 걔가 의상을 디자인했고 내가 모델들의 머리를 맡았어. 임프롬투스에 홀을 하나 빌렸어. 갈래?"

루이는 별 관심은 없었지만 젊은 미용사를 기쁘게 해 주고 싶었다.

"우아, 좋아요! 그런데 물어봐야 하는데……."

루이는 '부모님한테'라는 말을 하려다 말았다. 그건 피피의 문제가 아니라 자신의 문제였다. 그래서 이렇게만 말했다.

"주소를 가르쳐 주세요. 제가 직접 찾아갈게요."

"이십 번지, 부르동 블…… 근데 저게 뭐지?"

금방 출입문이 쾅 소리를 내며 벌컥 열렸다. 그러고는 상황이 급박하게 돌아갔다. 루이는 마치 무대를 벗어나 삶의 현장으로 내동댕이쳐진 기분이었다. 한 사내가 들어섰다.

"그년 있지?"

사내는 원장에게 말했다.

양쪽 귀에 피어싱을 하고 노란색 조깅복을 입은 잘생긴 남자였다.

"누구 말인가?"

마이테 원장이 쌀쌀맞게 대꾸했다.

"클라라!"

사내는 이층 쪽을 올려다보며 고함을 쳤다.

"내려와. 안 내려오면 다 때려 부순다!"

루이는 벼락을 맞은 듯했다. 이 사내가 클라라를 때린 장본인이었다. 자기가 무슨 짓을 하는지도 모른 채 루이는 계단의 첫째 칸으로 올라간 다음, 두 팔을 뻗어 그를 막아섰다.

"너 맛 좀 볼래? 어서 꺼져!"

건달은 루이보다 족히 20센티미터는 더 컸다.

"경찰을 부를 거야!"

마이테 원장이 악을 써 댔다.

"너, 그랬다간 휠체어에 확 불 싸지를 줄 알아!"

피피는 겁이 나는 것을 누르고 루이 곁으로 다가갔다. 루이가 막고 서 있는 층계에 나란히 섰다. 토요일 저녁마다 겪어서 이런 소동에는 이미 이골이 난 갸랑스는 일단 탈의실로 숨었다가 나왔다. 그러고는 두리번거리며 던질 만한 것을 찾았다.

"내려와!"

사내는 계단 쪽으로 다가가며 악을 썼다.

마이테 원장은 이미 수화기를 들고 있었다.

"여보세요, 경찰서죠?"

그 순간 헤어스프레이 통이 슈웅 하고 미용실을 가로지르더니 정확히 사내의 어깨에 맞았다. 갸랑스는 명중시킨 후, 겁에 질린 생쥐처럼 기어들어 가는 비명 소리를 내더니, 다시 탈의실로 몸을 피했다. 뭔가 흔적을 남길 양으로 건달은 등받이 없는 의자를 집어 들더니 샴푸 진열창에다 던졌다. 그러고는 피피에게 눈을 부라렸다.

"너, 계집년, 두고 보자!"

사내는 유리문을 발로 걷어차며 나갔다. 피피는 다리가 후들거려 계단 난간을 움켜잡아야 했다.

"어휴, 이를 어째, 이를 어째!"

마이테 원장이 죽는 소리를 했다.

원장은 방금 깨진 것들을 재빨리 합산해 보았던 것이다. 루이는 서둘러 이층으로 올라갔다.

"그 사람 갔어요."

겁에 질린 클라라는 눈을 동그랗게 뜨고 있었다. 루이는 다음과 같이 말하고 싶은 충동을 느꼈다.

'내가 당신을 지켜 줬어요, 앞으로도 지켜 줄 겁니다.'

루이는 다시 말했다.

"그 사람 갔어요."

클라라는 계단을 내려와 한 손을 피피의 어깨에 얹었다.

"고마워."

루이는 억울했다. 진짜 기사는 자기였는데 말이다. 클라라는 카운터로 갔다.

"손해 배상은 제가 할게요. 그리고 저 여기 계속 있고 싶어요. 이제 끝났어요. 다시는 그 사람 만나지 않을 거예요. 약속해요. 저…… 저 내보내지 않으실 거죠?"

"어디 다른 데 갈 데라도 있어? 저기?"

원장은 퉁명스럽게 대꾸하며 길 쪽을 가리켰다.

"너 말이야, 요 맹꽁아, 사람이 왜 직업을 가져야 하고, 왜 매일 아침 전차를 놓치면 안 되는지 알겠어? 자기 밥벌이를 해야만 인간답게 살 수 있거든."

한바탕 설교를 듣고 나니 모두 기분이 한결 나아졌다.

피피가 바이브레이션 라디오 방송을 켰다.

"자, 치웁시다."

미용실은 30분 만에 말끔하게 치워졌다.

루이와 갸랑스는 함께 미용실을 나와 쌀쌀한 거리를 걸었다.

"오늘 저녁 화끈했지, 안 그래?"

"그래, 화끈해서 좋기도 하겠다."

두 젊은이의 손이 스쳤다. 갸랑스가 루이의 손을 잡았다. 다섯 발자국쯤 가다가 잡은 손을 놓았다.

"안녕."

"안녕."

6
패션쇼

"루도빅이랑 영화 보러 갈 거니?"

페리에 부인이 재차 물었다.

루이는 사실대로 말하면 복잡해질 거라고 생각했다.

"뭐 볼 건데?"

플로리안이 부러워서 물었다.

"제임스 본드."

페리에 부인은 늘 하는 당부를 늘어놓았다. 핸드폰 잊지 말고 챙겨라, 깡패를 만나면 점퍼를 벗어 줘라, 집에 올 때는 꼭 둘이 같이 와라. 루이는 "걱정 마세요"라고 하기도 하고 "알았어요"라고 하기도 했다.

부르동 블랑가, 건물 뒤쪽 마당 안쪽에 위치한 임프롬투스의 입구를 찾는 일이 쉽지 않았다. 피아니스트의 연주가 쇼룸의 분위기를 띄웠고 사람들은 맨프레드의 친구들, 피피의 친구들, 모델들의 친구들, 그렇게 아는 사람들끼리 무리를 이뤘다. 어디에도 끼지 못하고 혼자 남은 루이는 점점 여기 뭐 하러 왔나 하는 생각이 들었다.

드디어 조명이 꺼지고 음악이 흐르는 가운데 모델들이 줄지어 나오기 시작했다. 창백한 안색, 피곤한 눈빛의 모델들이 하나씩 걸어 나와 무대 위에서 뼈만 남은 긴 몸을 이리저리 움직였다. 커터로 자른 앞머리, 머리 위에 뱀이 올라앉은 것처럼 곧추선 모델들의 머리는 정신병자가 손질한 게 아닌가 싶었다.

왠지 마음이 불편해진 루이는 의자 안쪽으로 바싹 당겨 앉았다. 그에게 패션쇼란 금발 머리에 반짝이는 분홍색 옷을 입은 바비 레퐁스 인형의 원무를 의미했다. 모델들은 상자, 플라스틱, 포장지, 혹은 알류미늄 등의 재활용 재료로 만든 옷을 입고, 드러난 맨살에는 짙은 색 문신을 하고 있었다. 무대 위의 모델들은 곧 십여 명이 되었고 흡사 동물들이 추는 것 같은 군무를 하면서 서로 몸과 시선을 부딪쳤다. 그때 문득 루이의 가슴이 벅차올랐다. 그의 눈에 조명과 음향, 형태와 재료 들이 의미를 띠기 시작한 것이다. 의상들이 더 이상 스테이플러로 박아 연결한 상자 조각이나 누더기가 된 샤워실 커튼으로 보이지 않았다. 마법사, 여사제, 유령들, 꿈에서 본 듯한 여자들, 마법에 걸린 처녀들이 보였다. 맨프레드와 피피가 그들을 숲에서 해방시킨 것이다. 그리고 무엇보다 아름다웠다.

패션쇼가 끝나자, 디자이너가 모델들 사이로 걸어 나와 관중을 향해 인사를 했다. 호리호리한 체격의 젊은 남자였다. 환각에서 깨어난 듯한 얼굴, 멍한 시선을 한 금발의 예술가였다. 그는 피피에게 무대로 나오라고 신호를 보냈지만 젊은 미용사는 손을 저어 거절했다. 맨프레드는 무대 뒤로 나갈 때, 모델 중 한 명의 부축을 받았다.

피피는 루이를 부르고뉴가까지 데려다주었다. 두 사람은 패션쇼에 관해서는 한마디도 하지 않았다. 맨프레드에 관해서도 마찬가지였다. 피피는 조심스런 성격이었다. 루이도 마찬가지였다. 두 사람은 축구 얘기를 나눴다.

루이가 집에 들어섰을 때, 아버지는 이미 잠자리에 들었지만 엄마는 거실에서 기다린 것 같았다.

"루도빅한테 전화 왔더라."

"아, 그래요?"

루이는 어머니가 왜 거실에 남아 있는지를 알아차리고 얼굴이 빨개졌다.

“어디 갔었니?”

“영화관요.”

루이는 바른대로 말하지 않았다.

“누구랑?”

“으음…… 피피랑요.”

“피피? 그게 누구지?”

루이는 마른침을 삼켰다.

“보조 미용사요.”

루이는 그 생각을 해낸 게 흐뭇했다.

“미용사 클라라 말구요. 보조 미용사요. 진짜 이름은 필리핀인데 좀 거만한 느낌을 주잖아요. 그래서 모두 피피라고 불러요.”

이상했다. 루이는 거짓말을 할 때면 말이 술술 잘도 나왔다. 루이의 어머니는 슬쩍 아이를 쳐다보았다. 이제 여자애 이름도 입에 올리고 갑자기 커 버린 아이가 당혹스러웠다.

“네가 사실대로 말해 주었으면, 조금 전에 장송네 식구들과 통화하면서 그렇게 황당하지는 않았을 텐데 말이다.”

루이의 어머니는 그런 상황에서 나오기 마련인 질문들을 하고 싶었다. 여자애는 몇 살이니? 예뻐? 맘에 들어? 그런데 루이가 선수를 쳤다.

“그럼, 저 잘게요. 내일 일하러 가거든요.”

루이가 발걸음을 옮겼다.

"루이!"

페리에 부인은 악을 쓰다시피 했다.

"너 말이야…… 조심은 해야지 않겠어?"

"걱정 마세요."

7
25일 토요일

루이는 실습 기간 동안 점점 더 일찍 일어나 세수를 하고 머리 손질을 마쳤다. 실습의 마지막 날을 마치 첫 출근을 하는 날처럼 맞았다. 갸랑스, 클라라의 걱정거리, 피피의 짓궂은 장난, 미용실의 여러 냄새들, 출입문의 차임벨 소리, 계산대의 금고 여닫는 소리, 거울을 통해 서로 주고 받는 눈길, 변화된 모습을 보고 손님들이 짓는 미소, 그 속으로 다시 들어갈 생각을 하니 마음이 설레었다.

"아니, 토요일인데 쟤는 어딜 가는 거지?"

루이가 계단을 뛰어 내려가는 소리를 듣고 페리에 씨가 의아하게 여겼다.

"실습하러."

그의 아내가 대답했다.

"그거 아직 안 끝났나?"

페리에 부인은 잠시 망설였다. 남편에게 피피 얘기를 해야 하나?

"당신 어머니는 별나기도 해."

페리에 씨가 다시 말했다.

"미용실이 뭐야, 사람 체면이 있지. 다른 곳도 많은데 말이야."

페리에 부인의 입에서 안도의 숨소리가 새어 나왔다. 후유, 보조 미용사 얘기를 꺼내지 않길 잘했지.

루이는 9시가 되기 전에 세르슈가에 도착했다. 진열창 가까이 다가서자, 마이테 원장이 카운터에서 가사 도우미와 얘기를 나누고 있는 게 보였다. 문을 똑똑 두드리고 인사하고 싶었다. 하지만 왠지 원장을 보면 주눅이 들었다. 더구나 원장은 지갑을 뒤지느라 정신이 없었다. 가사 도우미 테레사에게 급여를 주려던 참인 것 같았다. 루이를 알아본 건 가사 도우미였다. 그녀는 원장에게 손으로 루이를 가리킨 다음, 문을 열어 주러 나왔다.

"어서 와. 한 사람은 제 시간에 오네."

원장이 반갑게 맞아 주었다.

미용실은 생기가 없고 썰렁하게 느껴졌다. 전날 쓴 샴푸 냄새가 남아 있고 마이테 원장은 이미 나이가 많았다. 카운터에는 원장이 방금 지갑에서 꺼낸 사진이 놓여 있었다. 한 소년의 사진이었다.

"그럼요, 사람마다 불행이 있는 법이에요."

테레사가 양손을 허리에 얹고 말했다.

그러고는 한숨을 내쉬더니 검은 펠트 슬리퍼를 끌며 자리를 떴다.

"화장실 청소해야겠어요."

떨리는 손으로 원장은 사진을 집어 지갑에 넣었다.

"불행은 서로 나눌 수 있는 게 아냐."

아들의 사진을 꺼낸 게 잘못이라는 듯 중얼거렸다.

원장은 루이를 찬찬히 살펴본 다음 차갑게 명령했다.

"자, 바닥에 뒹구는 잡지들 좀 정리해. 마음만 먹으면 할 일은 늘 있는 법이야."

"그럼요."

루이가 수긍을 했다.

마이테 원장은 눈썹을 치켜올렸다. 루이의 대답에 놀란 것이다. 사실, 루이는 고분고분하면서 민첩하고 차분했다. 피피는 루이가 미용 기술에도 소질이 있다고 했다. 미용 일을 못할 것도 없지 않은가? 마이테 원장은 잠시 루이를 바라보았다.

"루이, 학교 다니는 거 좋니?"

루이는 소파 아래 떨어진 피가로 마담 잡지를 집어 들고 있는 중이었다. 루이는 몸을 일으켜 세웠다.

"아뇨."

루이는 어떤 말로 자신의 대답을 누그러뜨릴까 고민했지만, 적당한 말을 찾지 못했다. 아닌 건 아닌 거다.

11시쯤, 루이에게 뜻밖에 기쁜 일이 생겼다. 할머니가 미용실에 오신 것이다. 클라라와 예약이 되어 있었다.

"루이, 옷 받아야지."

원장이 농담을 했다.

하지만 아이는 진지하게 받아들였다. 할머니의 옷을 받아 들고 가운을 건넸다. 그런 다음 샴푸를 해도 되겠느냐고 물었다. 할머니가 샴푸실에 앉자 루이는 세면대 위로 몸을 숙이고 소곤소곤 말했다.

"할머니는 마이테 원장이 휠체어 타는 거 알았어요?"

할머니가 눈 뜨는 모습을 보고 루이는 할머니가 그 사실을 몰랐었다는 걸 알아차렸다. 루이는 씽긋 웃었다.

클라라가 세트를 말기 시작하자 루이는 의자에 걸터앉았다.

"여기 있는 거 지루하지 않니?"

할머니가 물었다.

루이는 할 말이 너무 많아 무슨 말부터 해야 할지 갈피를 잡지 못했다.

"이제 하루만 더 견디면 되는구나. 그러고는 방학이니까 쉬면 되지."

그렇다, 하루만 더 하면 된다. 말을 하려면 지체하지 말고 바로 해야 한다. 루이, 말해, 지금.

"맘에 들어요."

루이가 입을 떼었다.

"그래, 뭐가?"

"여기가요."

"분위기가 좋다는 말이니?"

"아뇨. 그래요, 맞아요."

루이는 뭔가에 짓눌리듯 힘겹게 말을 이었다.

"아니, 그게 아니고…… 제 말은…… 미용 일이 좋아요. 미용 공부가 그리 쉬운 것 같지는 않지만요. 기술자격증을 따야 하고 그 뒤에는 기술면허도 따야 하고. 피피가 그랬어요."

루이는 말을 하면서 손가락 마디를 꺾어 두두둑 소리를 냈다.

할머니는 루이의 말을 들었지만 선뜻 받아들이기를 주저했다.

"네 말은 흥미를 느끼는 게…… 그래, 미용 일을 하고 싶다는 거지?"

"제가 잠깐 자리를 비켜 드릴게요."

클라라가 나직이 말했다.

"차 한 잔 하시겠어요?"

할머니는 차를 달라고 했고 이어지는 침묵을 메우고자 헛기침을 했다. 루이는 고개를 떨구고 있었다. 루이를 도와야 했다. 말을 하도록 말이다.

"너도 알지만, 난 말이야, 빵집에서 일할 때 더없이 행복했어."

루이가 갑자기 고개를 들었다.

"미용 일은 공부 못하는 애들이나 하는 거잖아요!"

"절대로 그렇지 않아, 루이. 그 일을 좋아하는 사람들이 하는 거야."

"손을 쓰는 일이잖아요."

"아니, '손을 쓰는 일', 그게 무슨 뜻이지?"

할머니가 흥분해서 화를 냈다.

"외과 의사도 손을 써서 일하는 사람이야. 조각가와 치과 의사는 무얼 가지고 일하지?"

루이는 손마디를 짓누르다 멈췄다.

"전 제 손을 써서 뭔가 하고 싶어요."

루이는 거울에 비친 자신을 보고 씩 웃었다. 드디어 그 말을 한 것이다.

"여기, 차 가져왔어요."

클라라는 찻잔을 손님 앞에 놓고 말을 이었다.

"미안, 루이, 널 찾아."

"가 봐라, 다 큰 우리 손자."

할머니가 말했다.

"내 도움이 필요하면, 나 있는 곳은 알 테니……."

토요일은 빠르게, 정말이지 눈 깜짝할 사이에 지나갔다. 루이는 시간을 붙잡아 놓고 싶었다. 그는 손가락 하나 까딱할 수 없을 만큼 피곤했다. 그 일주일은 열네 살 소년에게는 너무 고되었다. 그런데 째깍째깍 시간이 흐르면서 그는 조금씩 **마이테 미용실**에서 멀어지는 느낌이었다. 벌써 루이는 자신이 다른 사람들에게 이방인이 된 것 같았다. 클라라와 피피가 루이의 등 뒤에서 뭔가 신호를 보냈다. 갸랑스는 루이를 기다리지 않고 점심을 사러 갔다. 돌아오는 화요일이면 그들은 루이를 잊을 것이다.

사람마다 불행이 있는 법, 루이는 자기 앞에 학교와 집 사이를 오가며 보낼 잿빛 날들이 끝없이 펼쳐지는 걸 보았다.

저녁 8시 15분, 미용실을 닫을 시간이었다. 루이는 코트들을 가지러 갔다. 마지막 날의 마지막 일이었다.

"됐어, 루이. 그거 모두 거기 내려놔."

클라라, 피피, 갸랑스, 그리고 휠체어에 앉은 마이테 원장, 그렇게 네 사람 모두 나와서 문을 막아서고 있었다.

"너한테 줄 게 있어."

클라라가 입을 열었다.

갸랑스가 다가와 루이에게 리본을 맨 상자를 내밀었다. 루이는 귀밑까지 빨갛게 달아오르는 걸 느꼈다. 상자를 열었다.

"가위잖아요!"

피피가 공중 곡예를 펴던 것과 똑같은 가위였다. 루이는 가위를 잡고 짤깍짤깍, 두 번 부딪쳐 소리를 내 보았다.

"이리 줘 봐. 진짜 사나이들이 어떻게 하는지 보여 줄게."

피피가 말했다.

피피는 양 손에 자기 가위와 루이가 방금 선물 받은 가위를 하나씩 쥐었다. 가위를 양쪽 검지손가락에 끼고 빙빙 돌리다가, 갸랑스 면전에서 교차시키기도 하고, 마이테 원장을 향해 빵빵 하고 쏘기도 하더니, 마치 두 자루의 권총처럼 집에 넣는 시늉을 했다. 그러고는 하나를 루이에게 내밀었다. 그런데 내민 것은 자기 가위였다. 루이와 피피는 서로 무언의 미소를 나누었다.

"그럼…… 작별 인사 할까?"

루이는 모두를 껴안고 볼에 입을 맞추었다. 갸랑스는 맨 나중이었는데, 볼도 아니고 입술도 아닌 입 끝에다 입을 맞추었다.

"이런, 바람둥이!"

피피가 루이의 머리를 쥐어박으며 놀렸다.

모두의 눈에 눈물이 그렁그렁했다. 루이는 어느새 마이테 미용실에 자신의 자리를 만들었던 것이다. 모두들 루이를 그리워할 것이다.

"그럼, 갈게요."

루이가 중얼대듯 말했다.

"다음에 들러서 인턴십 보고서 보여 드리고……"

루이는 출입문 손잡이를 잡았다. 루이, 말해. 어서 지금.

"혹시 수요일에 일하러 와도 되나요?"

루이는 길 쪽을 바라보며 말했다.

"어머, 그럼!"

갸랑스가 동의했다.

"팁도 나눠 갖자."

문에서 차임벨 소리가 나기 시작했다. 루이는 마이테 원장을 향해 몸을 돌렸다.

"혹시 토요일에도요?"

"네가 원할 때는 언제라도 와."

원장이 루이에게 말했다.

문득 루이의 눈에서 눈물이 떨어졌다.

루이는 시선을 돌렸다. 문을 활짝 연 다음, 뛰어나갔다. 루이는 사랑했다. 갸랑스를, 클라라를, 피피를, 마이테 원장을 사랑했다.

마이테 미용실을 사랑했다. 루이는 같은 말을 되뇌었다. "네가 원할 때는 언제라도 와." "원할 때는 언제라도 와".

그날 저녁, 식탁에서 페리에 부인은 아들에게 실습이 어땠는지 물었다.

"잘 끝났어요."

루이는 대답을 하고 나서 엄마 머리를 보고 별생각 없이 말했다.

"짙은 색과 옅은 색을 반반씩 해서 브릿지를 하면 좋겠어요. 약간 서퍼 스타일로요. 앞머리는 층을 내서 자르고요."

페리에 씨는 천장이 무너져 내리는 것 같았다.

"오빠는 이제 아는 게 많아요."

플로리안이 놓치지 않았다.

"아무 짝에도 쓸모없는 것들이지."

페리에 씨는 다시 정신을 차렸다.

"'서퍼 스타일'이라니, 프랑스어에 그런 말이 있다던?"

루이는 고통스럽게 아버지를 쳐다보았다. 가슴에 대못이 박힌 느낌이었다.

8
만성절*

수요일**마다 루이는 루도빅이랑 테니스를 치고, 플로리안은 멜리사와 조랑말을 타야 했다. 루이는 태권도를, 동생은 리듬 체조를 하고 싶다고 했지만, 페리에 씨는 “말이 되는 소리를 해야지”라며 일축했다. 설상가상으로 테니스 클럽은 단기 방학*** 동안 강습을 열었고 루이는 등록을 해야만 했다. 처음에는 계단에서 일부러 발을 삐게 할까 생각도 해 보았다. 그러다 개학을 앞두고 방

---

* 프랑스의 종교 휴일로 11월 1일임.

** 프랑스에서는 대부분의 초중고생들이 수요일에 등교를 하지 않는다.

*** 두 달 동안의 여름 방학을 제외한 크리스마스 방학, 겨울 방학, 부활절 방학, 만성절 방학 등 2주 이하의 방학을 말한다.

학 동안 『레미제라블』을 읽어야 한다는 핑계를 댈까도 생각해 봤다. 결국은 첫날 강습을 마치고 난 월요일 저녁, 그는 다음과 같이 꾀를 냈다.

"탈의실에 돈을 뺏는 애들이 있어요."

페리에 부인은 질겁했다. 그녀는 클럽의 관장에게 전화를 걸고 장송네 집에도 알리려고 했다.

"됐어요."

루이가 말렸다.

루이는 풀이 죽어 잔뜩 등을 구부리고 자리를 뜨려다 다시 발걸음을 되돌렸다.

"수요일에 거기 안 갈래요."

"걔들이 또 온다고 했어? 루이, 그런 녀석들은 신고해야 해. 돈을 뺏는데도 신고하지 않고 쉬쉬하니까 위험해지는 거야."

"괜찮다니깐요."

루이는 짜증을 냈다.

"여자 친구를 만나고 싶은 것뿐인데."

그건 우연히 한 말이었다.

"여자 친구? 아, 그래, 보조 미용사라고 했지. 아…… 아직도 만나니? 이름이 뭐라고 했더라?"

"피피요."

"그러니까 수요일에 뭐…… 뭘 하고 싶은데?"

페리에 부인은 일부러 쾌활한 어조로 말했다.

"영화 보려구요."

이번에는 엄마도 영화에 속지 않는다는 걸 보여 주고 싶었다.

"제임스 본드 영화 다른 거?"

"〈반지의 제왕〉요."

루이는 우물우물 대답했다.

그러고는 등을 돌렸다.

"아니, 루이……."

루이는 이미 가고 없었다. 페리에 부인은 한숨을 내쉬었다. 다행히 부인에게는 플로리안이 있었다. 딸하고는 서로 터놓고 얘기를 할 수 있다. 문득 부인은 그 '피피'라는 아가씨에 대해 좀 더 알아봐야 하지 않을까 하는 생각을 했다. 어쨌거나 마이테 미용실에 예약을 못할 것도 없었다.

부인은 바로 다음 날 아침 미용실에 들렀다. 의외로 기분이 괜찮았다. 원장은 약간 가식적인 듯했지만 사람은 좋아 보였다. 클라라는 손님이 있었다. 젊은 남자 미용사가 부인을 맡았다.

"뭘 드릴까요? 차, 커피?"

"아뇨, 됐어요, 고마워요. 보조 미용사 아가씨는 없나요?"

"휴가 중인데요. 그 애를 아시나요?"

페리에 부인은 얼른 화제를 돌렸다.

"머…… 머리 모양을 바꾸고 싶은데요. 좀 변화를 줘서 좀 더……."

"젊어 보이시게요?"

부인의 희뿌연 파마머리가 마땅찮은 피피가 거들었다.

"네, 브릿지를 하고 싶은데, 그게 서퍼 스타일이라던가……."

페리에 부인은 용기를 냈다.

피피는 '어렵쇼, 부르주아 부인이 웬일이야'라고 생각했다.

"그리고…… 그리고 앞머리는 층을 내서 자르면 어떨까요?"

부인은 한마디 보태며 거울을 통해 피피의 의견을 물었다.

"초록색이 좋으세요? 아니면 오렌지색으로 할까요?"

부인은 잠시 멈칫하더니, 곧 미용사가 농담하고 있다는 걸 깨달았다.

"실은 머리 스타일에 대해서 잘 몰라요."

부인이 털어놓았다.

"차츰차츰 변화를 주지요."

피피는 부인을 안심시켰다.

"서퍼 스타일을 하되, 좀 자연스럽게 하지요. 윈드서핑 스타일이라고나 할까요."

2시간 후, 페리에 부인은 머리를 이리저리 비춰 보며 만족해했다. 바람에 날린 것처럼 짧게 자른 경쾌한 머리, 햇빛을 받아 반짝이는 밝은색 브릿지.

"좋아요, 팁을 남길 테니 보조 미용사에게 주세요."

부인은 정확히 밝혔다.

"우리 아들 친구인데, 피피래요."

'이제, 좀 돌았군.'

피피는 그렇게 생각하며 말했다.

"전데요. 보조 미용사 피피는 접니다."

페리에 부인은 머뭇머뭇하더니, 이내 소리 내서 웃기 시작했다. 농담이려니 했다.

그날 밤, 페리에 씨는 병원에서 늦게 귀가했다. 그의 아내는 같이 저녁을 먹으려고 기다리고 있었다.

"아니, 어떻게 된 거야?"

그가 목청을 높였다.

마치 페리에 부인의 얼굴이 습진으로 엉망이라도 된 듯한 어조였다.

"미용실 갔다 왔어."

"그건 알아."

페리에 씨는 짜증을 냈다.

"그…… 그게 뭐냐니깐?"

그는 새로 자른 머리를 가리켰다. 페리에 부인은 안에서 뭔가 이상한 게 울컥하는 걸 느꼈다. 분노가 치민다고 할까.

"바꿔 보려고."

"당신 전에 한 머리 아주 좋았어. 바꾸다니! 모두들 바꾸고 싶어 하지만 좋은 건 바꿀 필요 없어. 베라, 당신은 바꿀 필요가 없었어."

그는 자기가 듣기 좋은 소리를 했다고 믿었다.

"내 이름은 베라가 아냐!"

갑자기 화가 치민 아내가 소리를 질렀다.

"내 이름은 베로니크라니까! 우리 부모님이 그렇게 지었어!"

"알아, 물론 나도 알지. 하지만 난 당신을 늘 그렇게 불러 왔어, 베라라고……."

자기 아내의 그런 모습을 처음 본 페리에 씨는 말을 더듬었다.

"내 이름은 늘 베로니크였어. 아주 좋았어. 당신도 바꿀 필요 없었다니까!"

"무슨 당치 않은 소리야."

페리에 씨는 기가 막혀 그렇게 말했다.

"난 바꾸고 싶어! 내 자신이고 싶다니까!"

"말이 안 되잖아, 베라…… 아참, 베로!"

아내는 이미 식당을 나간 뒤였다.

"말이 되는 소리를 해야지!"

페리에 씨는 한숨을 내쉬었다. 자기 심정을 알아주는 것이라고는 천장뿐이었다.

수요일이 되자, 허겁지겁 점심을 먹고 나서 루이는 세르슈가로 내달았다. 바람이 살을 에는 듯했다. 루이는 점퍼도 여미지 않은 채 뛰면서 자꾸 춥지 않다고 자기 암시를 했다.

"아니, 우리 루이잖아!"

"어? 루이!"

"안녕, 루이!"

루이는 모두를 껴안고 인사를 나누었다. 그는 자기 집으로 돌아온 것이다.

"갸랑스는 없는데."

마이테 원장이 일러 주었다.

"아버지를 만나러 크뢰조로 갔어. 갸랑스 만나러 온 거 아냐?"

루이는 얼굴이 빨개지는 듯했다.

"아뇨, 일하러 왔어요."

마치 가족을 부양하기 위해 일을 필요로 하는 사람처럼 단호하게 말했다. 피피는 말없이 빗자루를 내밀었다.

"어서 오세요, 간단히 손질만 하시는 거죠?"

노처녀 라뽀뽀르가 들어와 손님이 없는 미용실을 둘러보았다.

"어머, 한가하네요."

"말도 마세요, 모두들 무일푼이 되었거나, 하와이로 떠났나 봐요."

원장이 한숨을 쉬었다. 피피와 클라라는 미용실의 사업 부진에는 늘 무관심한 듯했다. 하지만 루이는 걱정이 됐다. 어떻게 하면 손님을 끌 수 있을까? 루이는 미용실 앞쪽을 힐끗 보고는 다른 가게들은 모두 호박으로 할로윈을 장식하고 있다는 사실을 발견했다. 마이테 미용실은 왜 그렇게 하지 않지?

루이는 두 미용사가 손님과 잡담을 나누는 틈을 타 카운터로 다가갔다.

"할로윈을 맞아 진열창을 꾸몄으면 좋겠어요."

루이는 내성적인 사람들이 흔히 그렇듯 불쑥 말을 꺼냈다.

"할로윈?"

마이테 원장이 되물었다.

그리고 고개를 가로저었다.

"만성절이 무슨 날인지 아니, 루이? 죽은 사람들이 즐기는 날이야. 그런 걸 뭐 기념하고 말 게 있어. 그리고 난 호박 같은 것에는 관심 없어."

루이는 원장이 무슨 말을 하는지 모르지 않았다. 그래도 끈질기게 요구했다.

"사람들의 시선을 끌기 위해 꾸미는 겁니다."

원장은 찰칵, 드르륵 하고 금고 서랍을 열더니, 20유로짜리 지폐 한 장을 꺼낸 다음, 잠깐 생각하다가 한 장을 더 집었다.

"그럼, 이걸로 알아서 해 봐."

루이는 다른 가게들의 진열창을 살펴본 다음, 꽃가게에서 나뭇가지와 큰 호박을 사고 장난감 소품 가게에서는 플라스틱으로 된 가짜 냄비와 마녀들이 쓰는 모자를 샀다. 루이는 진열창을 이리저리 장식해 보다가 로레알 상품 진열대를 넘어뜨리기도 하고 진열창에 부딪히기도 했다. 팔짱을 끼고 루이를 지켜보던 피피가 너털웃음을 터뜨렸다.

"저 애가 아예 생방송으로 웃겨 주네요!"

"손 놓고 아무 일도 하지 않는 사람은 그나마 웃길 일도 없지."

마이테 원장이 면박을 주었다.

갑자기 피피는 창고로 가서 오래된 마네킹을 찾아 왔다. 마네킹에 다갈색 가발과 마녀 모자를 씌운 다음, 루이를 밀치고 진열창으로 들어가 세워 놓았다.

"내 사랑 자기야."

피피가 농담을 걸었다.

두 사람은 진열창을 마녀들의 미용실로 바꿔 놓았다. 손님들은 당장 몰려들지는 않았지만 아주 재미있어했다. 미용실을 나서며 루이는 계산대에 놓인 **마이테 미용실** 명함 몇 장을 몰래 챙겼다. 광고용으로 쓸 생각이었다.

"그럼, 토요일에 올게요."

"공휴일이잖아!"

피피와 클라라가 동시에 루이에게 외쳤다.

루이에겐 정말 늦은 귀가 시간이었다. 전차를 탈 생각이었다. 전차 역에는 두 사람이 기다리고 있었다. 루이는 처음에는 그들에게 주의를 기울이지 않았다. 그런데 한 사람이 말하는 소리가 들렸다.

"그년만 잡고 있으면, 돈이 굴러오거든. 그런 복덩이를 순순히 놓아줄 수 없지."

사내는 선명한 노란색 조깅복 바지를 입고 있었다. 루이는 사내가 귀에 피어싱을 하고 있는지 미처 확인할 겨를이 없었다. 단숨에 집까지 뛰어갔다.

9
휴일

주말 근무를 밥 먹듯 하는 페리에 씨에게 연달아 이틀을 쉬는 건 드문 일이었다. 행복은 홀로 오지 않는 법, 토요일에는 장송 씨 가족이 페리에 씨 가족을 저녁 식사에 초대했다.

"거기 가서 뭘 하죠?"

루이는 울상을 지었다.

"너희들은 루도빅하고 멜리사랑 놀면 되지."

엄마가 대답했다.

플로리안이 제법 단호하게 한마디 했다.

"엄마, 걔들은 꼴통이라고 벌써 말했잖아요."

"그렇다면 아빠한테 말해. 내가 민원 접수창구도 아니고 말이야."

저녁 식사는 벌써 조짐이 심상치 않았다.

토요일에 페리에 씨는 기분이 최고로 좋았다. 플로리안의 성적표가 나왔던 것이다. 모두 10점 만점이었다. 페리에 씨는 루이의 내성적 성격이 불만이었지만 딸은 무척 자랑스러워했다.

아내가 방으로 들어설 때, 그는 콧노래를 부르며 와이셔츠를 바꿔 입고 있었다. 하지만 아내를 쳐다본 그의 표정이 곧 어두워졌다.

"당신…… 그 상태로 갈 거야, 그…… 그……."

그는 아내의 새로 자른 머리를 가리켰다. 나딘 장송이 놀릴까 봐 겁이 난 것이다. 페리에 부인은 남편을 물어뜯고 싶은 충동이 일었지만 입을 꾹 다물었다.

"당신 플로리안 성적표 봤어?"

그가 다시 입을 열었다.

"그 녀석 팔방미인이야. 예쁘지, 똑똑하지, 게다가 성격도 좋지."

그는 거울 앞에서 넥타이를 매며 플로리안이 얼마나 자기를 닮았는지를 확인했다. 루이는 제 엄마를 닮았다. 착해 보이는 얼굴이지만 뭐랄까? 똑똑해 보이지를 않았다.

"그런데, 당신 아직 모르나? 루이한테 여자 친구가 생겼어."

"어, 그래?"

페리에 씨는 그런 일은 상상조차 못해 봤다는 듯 놀란 표정을 지었다.

"같은 반 친구인가?"

페리에 부인은 그 순간을 즐겼다. 남편은 더욱 놀랄 것이다.

"아니, 보조 미용사래. 피피라고."

"당신 지금 무슨 소리 하는 거야? 그리고 '피피'라니? 말이 되는 소리를 해야지."

그는 가능성 자체를 부인했다.

"내가 이 말을 하는 건, 그게 사실이기 때문이야."

드디어 페리에 씨가 폭발하고 말았다.

"그런데도 당신은 가만히 있었어? 그게 좋다고 생각해? '여자 친구'라니, 아니, 말이 돼?"

페리에 부인은 루이의 비밀을 발설한 걸 후회했다.

"별거 아니야. 극장에 같이 간 것뿐이래. 제임스 본드 영화를 봤대나. 별일 아니잖아."

페리에 씨는 목이 꽉 조일 만큼 넥타이를 당겼다.

"루이가 다시 만나는 건 절대 안 돼."

"그럼, 당신이 직접 말해."

"물론이지."

저녁 식사는 점점 더 심상찮은 조짐을 보였다.

장송 씨 가족은 두 블럭 떨어진 곳에 살았다. 페리에 씨 가족은 걸어서 갔고 가는 동안 아무도 입을 열지 않았다. 페리에 씨는 마치 최근의 비행 흔적을 찾아내려는 양 슬금슬금 아들을 관찰했다. 플로리안은 돌차기 놀이를 하는 것처럼 팔짝팔짝 뛰면서 갔다.

"얌전하게 좀 걷지 못해?"

페리에 씨가 신경질을 부렸다.

플로리안은 어이없다는 듯 아버지를 쳐다보았다. 좀처럼 플로리안을 꾸짖는 일이 없던 그였다.

"장례식장에 가는 것도 아니잖아요."

플로리안이 말대꾸를 했다.

페리에 씨는 속으로 버릇없기는, 하고 생각했다. 아이들이 예의 바르지 못한 건 엄마 책임이 크다. 좋았던 기분은 흔적도 없이 사라져 버렸다.

"안녕하세요, 브리스!"

페리에 씨의 이름은 브리스였다. 그는 나딘 장송의 양 볼에 입을 맞추었다.

"아니, 머리를 어떻게 한 거예요, 베라?"

나딘이 놀라움을 나타냈다.

"베라라고 부르면 안 된답니다. 이제부터 베로니크랍니다."

"'이제'부터가 아니죠. 태어날 때부터 그래요."

페리에 씨 부부의 대화는 냉담했다. 장송 씨 부부는 재미있다는 표정으로 서로를 쳐다보았다. 저런! 분위기가 좀 싸늘하지?

"애들아, 가서 놀아."

장송 씨가 아이들을 부추겼다.

루도빅과 루이는 서로 노려보았다. 멜리사는 엄지손가락을 빨고 있었다. 멜리사 엄마가 멜리사의 손을 탁 때렸다.

"그 짓 좀 그만해. 가서 플로리안하고 놀아."

긴장감이 감돌았다. 루도빅이 나서기로 했다.

"너한테 사인 모은 거 보여 줬던가? 제니퍼 사인 있어. 자지* 것도 있고. 줄리엣 비노슈**의 영화 홍보 사인도 있어."

루이는 루도빅을 따라 방으로 갔다. 루도빅은 자기만의 컴퓨터와 텔레비전, DVD 플레이어를 가지고 있었다. 그런 것을 방에 두고 혼자 쓴다는 것은 루이에게는 허용되지 않았다. 루이의 아버지는 '아직 그럴 나이가 아니다'라고 한다. 루도빅은 루이가 자신의 영역으로 들어오자 있는 대로 허세를 부렸다. 루도빅이 사인북을

---

* 프랑스의 여가수.

** 프랑스의 여배우.

꺼내 왔지만 루이는 관심을 보이지 않았다.

"미용실 실습은 어때? 샴푸 말고 다른 것도 해 봤어?"

"보조 미용사랑 데이트해 봤어. 누구 말하는지 알지? 갸랑스."

루도빅은 페리에 씨만큼이나 놀란 것 같았다.

"하지만…… 그 애는 우리보다 나이가 많잖아."

"열여섯. 같이 제임스 본드 영화를 보러 갔어."

루이의 머릿속에서 그 일은 거의 사실처럼 되었다.

"그럼…… 그 애랑 키스도 해 봤어?"

루이는 갸랑스가 탈의실 근처에서 자신에게 기습적으로 했던 키스를 생각했다.

"당연하지."

루이는 자신에 찬 바람둥이의 표정을 지으며 대답했다.

루도빅은 사인북을 책상 위에 던졌다. 그건 이제 시시했다.

옆방에서는 멜리사가 바비 인형들을 꺼내 놓았다.

"우리 바비 인형 가지고 수의사 놀이 하자. 바비가 내 장난감 동물들을 치료해 주는 거야."

플로리안은 마음을 정하지 못하고 가게 놀이 장난감을 만지작거렸다. 플라스틱 진열대 위에는 바게트 빵, 브리오슈 빵, 파이 등이 놓여 있었다.

"가게 놀이는 어때?"

"난 바비 인형 놀이가 더 좋아."

"바비 인형 가지고 가게 놀이 하면 되잖아. 빵집 놀이 하자."

멜리사는 〈잠자는 숲 속의 공주〉 바비 인형을 집어 들더니 바보 같은 목소리를 내기 시작했다.

"안녕? 멋쟁이 왕자님! 뭘 드릴까요?"

멜리사는 록스타 켄 인형을 잡았다.

"적당히 구워진 바게트 빵이오, 공주님."

플로리안이 쏘아붙였다.

"넌 손가락이나 빨고 있어. 나 혼자 할 거야."

"그럼, 내 방에서 나가! 내 장난감이잖아!"

"우리 엄마한테 이른다."

"아니, 우리 엄마한테 이를 거야!"

두 아이는 "엄마!"를 소리쳐 부르며 동시에 거실 쪽으로 뛰어갔다. 부모들은 전채를 들고 있는 중이었다.

"무슨 일이니?"

두 엄마가 동시에 목청을 높였다.

"멜리사가 놀려요."

"플로리안이 자기 하고 싶은 놀이만 하려고 해요."

장송 부인이 나섰다.

"무슨 놀이를 하고 싶니, 플로리안?"

"바비를 가지고 빵 가게 놀이를 하고 싶대요."

멜리사가 대신 대답했다.

장송 부인은 그건 좀 우습다는 듯 말했다.

"'바비 빵 가게'라, 그건 별로 어울리지 않는데."

"우리 어머닌 빵집을 하셨어요."

페리에 부인이 싸늘한 목소리로 말했다. 침묵이 흘렀다. 나딘이 침묵을 깨고 대화를 이었다.

"자, 밥이나 먹지요. 애들아, 손 씻고 와야지."

브리스는 식사하는 동안 피곤하다는 얘기를 여러 번 했고, 여자애들은 뾰로통해 있는 데다, 사내애들은 소 닭 보듯 해서, 저녁 식사는 오래가지 못하고 끝나고 말았다. 페리에 씨 가족은 무거운 발걸음으로 집에 왔다. 정말 장례식에 갔다 온 셈이 되었다.

"루이, 얘기 좀 하자."

페리에 씨는 아들을 복도 한쪽으로 데려갔다.

"지금요?"

자정이 넘은 시각이었다. 페리에 씨는 그렇다고 대답했다. 속이 부글거렸다. 아들하고 한판 붙고 싶은 충동이 올라왔다. 아들의 속을 꺼내 보고 싶었다. 두 사람은 루이의 방으로 들어갔다.

"네 엄마가 그러던데, 너 여자 친구 사귄다며?"

얼굴이 붉어지는 걸 느낀 루이는 손가락 마디를 꺾어 두두둑 소리를 냈다.

"그래서요?"

"미용실의 보조 미용사라던데, 그래?"

"네."

"피피라고 했지."

페리에 씨는 혼잣말처럼 중얼거렸다.

"그래, 내 말 잘 들어, 루이. 걔가 좋은 여자애일 수도 있어, 그리고…… 예쁘겠지?"

페리에 씨는 눈썹을 치켜올리고 아들에게 물었다. 하지만 루이는 시큰둥했다. 페리에 씨는 갑자기 아들의 어깨를 잡고 마구 흔들어 대고 싶은 충동에 사로잡혔다. 하지만 꾹 참고 두 손을 주머니에 찔러 넣었다.

"그렇지만 우리는 환경이 달라. 내가 미용사를 싫어하는 건 절대 아냐……. 그래, 괜히 생각지도 않은 말을 할 필요는 없지."

페리에 씨는 자신의 이야기에 도취된 듯 말했다.

"어디고 훌륭한 사람은 있는 법이지. 단지, 우리는 문화가 다르고 가치관이 다른 거야. 그러니까……."

그는 곧 말하게 될 금지 사항을 힘껏 강조하기 위하여 조금 더 말의 속도를 늦추었다.

"나는 네가 그 피피라는 애하고 사귀는 거 싫다."

"이제 피피하고 만나서는 안 된다는 건가요?"

루이는 묘한 웃음을 지으며 분명하게 되물었다.

"그래, 그거야."

"알겠어요."

당황한 아버지는 아들을 쳐다보았다.

"약속하는 거지?"

"네."

문제는 해결되었다. 하지만 페리에 씨는 왠지 맥이 빠졌다.

"잘 자라, 루이."

아이는 물에 물 탄 듯, 영 무덤덤했다. 이제 아들 문제는 해결했으니까 아내에게 설명만 하면 된다. 아내는 침대에 누워 잡지를 뒤적이고 있었다.

"당신 말이야, 장송네 식구들 앞에서 장모님 빵집 얘기를 꼭 해야만 했어?"

그는 다짜고짜 그 얘기를 꺼냈다.

"그게 흉이야?"

아내는 화가 나서 퉁명스럽게 대꾸했다.

"흉이라고 말한 적 없어. 빵집을 하든 미용을 하든 부끄러울 거야 없지. 단지 장송네가 그걸 알 필요는 없다는 거야. 당신도 잘

알잖아, 그들이 얼마나…….”

“그래, 그 사람들 꼴통이야.”

“뭐라고?”

“그 사람들 다시는 만나지 않을 거야.”

아내는 나딘 장송을 흉내 냈다.

“잘 어울리지 않는데, 바비 빵 가게라……. 저녁에 남편 퇴근 기다리는 거 빼면 그 여자가 뭘 하는데?”

“당신도 마찬가지잖아.”

페리에 씨가 꼬집었다.

“그래, 이제 애들도 컸으니까 나도 일을 찾아보겠어.”

페리에 부인은 방금 그 결심을 했다. 그런데 마치 몇 달 전부터 그 생각을 하기라도 한 것 같았다.

“당신이? 하지만 당신은 아무것도 할 줄 모르잖아.”

남편이 한마디 했다.

일부러 상처를 주려고 한 말은 아니었다.

10
다시 시작하다

루이는 마이테 미용실 명함을 확대 복사했다. 그리고 거기에 굵은 수성펜으로 한 줄 써 넣었다. 〈이 쿠폰을 제시하면 10% 할인해 드립니다.〉 그렇게 마련한 전단지를 학교 가면서 길거리에 주차된 자동차들의 와이퍼에 끼워 넣었다. 수요일이 되자, 테니스 클럽에 가는 척하며 라켓을 스포츠 배낭에 넣어 가지고 미용실로 갔다. 갸랑스는 크뢰조에서 돌아와 있었다.

"학교는 다시 다녀?"

갸랑스가 물었다.

"응. 하지만 이제 학과 공부는 하지 않을 거야. 그렇게 다니다, 학년 말에 내 진로대로 가면 되겠지."

그게 루이의 계획이었다. 공부를 하지 않는 것.

갸랑스도 고개를 끄덕였다.

"나도, 미용실 일은 그만둘 거야. 피부 관리 학교에 다니려고. 난 마사지에 소질이 있거든. 시범을 보여 줄까?"

그때 피피가 갸랑스에게 손님의 파마머리를 헹구라고 했다. 갸랑스는 루이에게 다가가 속삭였다.

"다음에 마사지해 줄게."

루이는 자기가 정말 갸랑스의 남자 친구라고 믿기 시작했다. 하지만 중간에 커피를 마시며 갸랑스가 그 보드카를 즐긴다는 남자하고 나이트클럽에 갈 거라고 하자 루이는 꿈에서 깨어났다. 미용실은 다시 손님들로 활기를 띠고 있었다. 루이는 자신이 할로윈을 주제로 꾸민 진열창과 전단지를 뿌린 것이 어느 정도 효과가 있기를 바랐다.

"사람들이 봉급을 탔나 보다."

마이테 원장이 루이에게 말했다.

"어머, 안녕하세요, 그롤로 부인!"

한 여자 손님이 들어왔고 코를 찌르는 냄새도 함께 들어왔다. 지독한 냄새가 길에서 나나? 루이는 클라라와 피피가 고갯짓을 주고받는 것을 보았다. 그 의미는 분명했다. 〈네가 해! 고맙지만, 난 이 손님은 사양하겠어.〉

"루이, 가운 가져다드려야지."

루이는 그롤로 부인의 코트를 받아들면서 몸을 움찔했다. 지독한 곰팡이 냄새를 피운 게 바로 그 손님이었다. 얇은 고무장갑을 끼던 갸랑스의 자그마한 얼굴이 굳어졌다. 갸랑스는 손님의 머리를 감기며 이따금 고개를 돌려 맑은 공기를 들이마셨다. 그러더니 잠시 후, 계산대 쪽으로 뛰어가 하얗게 질린 얼굴로 말했다.

"손님 머리에 이가 있어요."

클라라가 총대를 멨다. 클라라는 이 방지용 샴푸를 쓰고 나서 어떤 제품을 뿌리고 그롤로 부인에게 소곤소곤 몇 가지 설명을 해 주었다. 조금도 불편해하는 기색 없이 부인은 샴푸와 제품 값을 치른 다음, 지독한 냄새를 남기고 떠났다. 피피는 파랗게 질려 있었다. 모두 나서서 문을 활짝 열고 세면대를 소독하고 방향제를 뿌렸다.

"아이고, 숨 막혀! 아이고, 숨 막혀!"

피피가 숨을 헐떡였다. 결국 모두 미친 듯이 웃고 말았다. 그롤로 부인은 아마 한 번도 목욕을 하지 않을 거다. 부인의 방문은 마이테 미용실로서는 늘 고역이 아닐 수 없었다.

"저런 사람들이 있다니까요."

갸랑스가 나서서 아는 체를 했다.

"피부 관리실에서는 더한 일도 있대요. 내 친구가 얘기해 준 건데, 글쎄, 손님들 중 어떤 자식은…….”

“그런 얘기는 너나 알고 있는 게 좋아.”

클라라가 말을 막았다.

“그거 나쁜 얘기 아닌데.”

클라라가 머리로 루이를 가리켰다.

“저 애가 그런 얘길 들을 필요 없잖아.”

출입문의 차임벨 소리가 났다. 면도를 하러 온 대령이었다.

“피피! 손님!”

마이테 원장이 불렀다.

클라라는 유리문으로 다가가 미용실로 들어오는 사람들을 쳐다보았다. 그러다 갑자기 뒷걸음질을 치더니 얼른 이층으로 올라갔다. 이번에는 루이가 진열창 가까이로 가 보았다. 그 남자가 눈에 들어왔다. 노란 조깅복은 입고 있지 않았다. 하지만 틀림없는 그 남자였다. 남자는 미용실 주변을 어슬렁거리고 있었다.

루이는 이층에 있는 클라라에게 가 볼 생각이었다. 계단을 올라가는데 피피에게 말하는 클라라의 목소리가 들렸다.

“핸드폰 번호도 바꾼 데다, 아무한테도 문도 열어 주지 않고, 이제는 골목길로는 다니지도 않아. 필립, 더 이상은 어떻게 할 수가 없어.”

“경찰에 신고해.”

"그럼 그들이 보디가드라도 붙여 준대?"

루이는 천천히 계단을 다시 내려왔다. 마음이 무거웠다.

"집에 갈 시간 아냐?"

마이테 원장이 루이에게 넌지시 물어보았다.

루이는 계산대로 다가갔다.

"밖에 지난번에 난동을 부린 자가 와 있어요."

진열창 쪽으로 고갯짓을 해 보였다.

"계속 클라라를 못살게 하는 모양이구나."

원장은 루이가 클라라의 일에 몹시 신경을 쓰는 것을 알아차렸다.

"나한테 말하길 잘했어, 루이. 내가 알아서 할게. 걱정하지 마. 토요일에 올 건가?"

루이는 집에서 빠져나오기 위해 어떤 거짓말을 해야 할지 아직 알 수 없었다.

"네, 올게요."

밖으로 나오자, 루이는 주위를 살피며 전차 역까지 갔다. 거리의 낯익은 사람들이 모두 눈에 들어왔다. 하지만 그 남자는 사라지고 없었다.

루이가 집으로 돌아왔을 때 엄마와 동생은 거실에서 텔레비전을 보고 있었다. 엄마에게는 도서관에서 찾아볼 게 있어서 늦을 거라고 핑계를 대 둔 터였다.

"냄새 죽여주는데."

플로리안이 한마디 했다.

그의 몸에는 그롤로 부인이 나가고 나서 뿌려 댔던 온갖 방향제 냄새가 배어 있었다.

"…… 목욕하면."

루이가 중얼거렸다.

페리에 부인은 루이의 말을 믿지 않았다. 도서관에 그렇게 향수 냄새가 날 까닭이 없다. 루이는 오후를 여자 친구하고 보냈을 거다. 그런데 이상하게도 페리에 부인은 자랑스러움 같은 감정을 느꼈다.

저녁을 먹으며 페리에 부인은 자녀들에게 다음 학년이 시작될 때는 자기도 간호사 공부를 다시 시작할 거고, 그때까지는 응급처치법 연수를 받을 거라고 말했다.

"우아, 좋아요, 좋아요!"

플로리안이 의자 위에서 몸을 흔들어 대면서 좋아했다.

"루이, 너도 좋은 생각 같니?"

"당연히 좋죠."

며칠 전, 페리에 씨는 아내의 포부를 "말이 되는 소리를 해야지"라는 말로 간단히 깔아뭉개려고 했었다. 하지만 이제는 신중해졌다.

"나도 한마디 할 수 있나?"

약간은 빈정대는 투였다.

"당신은 오래전에 공부를 그만뒀기 때문에 다시 시작하는 건 힘들 수도 있어. 생각처럼 그렇게 쉬운 공부도 아니고."

루이는 그 말에 놀라서 몸을 떨었다.

"미용처럼요."

"아니, 미용하고는 아무 관계도 없어. 그건 못 배운 사람들이나 하는 거고."

루이는 식사가 끝날 때까지 말없이 바게트 빵 속살만 짓이겼다. 사실 미용사에 관해 아버지가 뭐라고 하든 상관없었다. 못 배운 사람이나 공부를 못하는 사람이나 그게 그거니까.

학교 성적이 곤두박질을 쳤다. 수학 선생님이 걱정을 했다. 선생님은 자기 아내가 난산으로 위험했을 때 생명을 구해 준 페리에 씨의 은혜를 잊지 않고 있었다. 선생님이 쉬는 시간에 교무실로 루이를 불렀다.

"큰일이다."

선생님은 허물없는 듯한 말투로 입을 떼었다.

"노력을 전혀 안 하잖아. 지금부터 엄청나게 열심히 해야겠어.

그렇지 않으면 낙제하게 돼. 그리고…… 낙제를 한다고 해도 각오를 단단히 해야 해. 아니면 실업계로 가는 수밖에 없거든."

루이는 하마터면 전혀 각오가 되어 있지 않다고 대답할 뻔했다. 운동화를 내려다보며 고개만 끄덕였다. 루이가 유일하게 하고 싶은 것은 **마이테 미용실**에서 일을 다시 시작하는 거였다. 루이는 계속 자동차 앞 유리창에다 전단지를 끼워 넣었다. 그날 저녁에는 대담하게 자기 집 앞길에 세워진 자동차들에도 끼워 넣었다.

다음 날 아침, 페리에 씨는 주차된 자동차들의 와이퍼에 전단지가 끼워져 있는 것을 발견했다. **마이테 미용실**이라는 이름이 시선을 끌었다. 루이가 인턴십을 했던 미용실이었다. 그 피피라는 아가씨가 일하는 미용실. 페리에 씨는 전단지를 집어 주머니에 쑤셔 넣었다.

11
파업

토요일, 루이는 지옥 같은 시간을 보냈다. 난데없이 페리에 씨가 점심을 먹으러 집에 왔는데, 그런 적은 극히 드물었다. 할머니도 커피를 마시러 왔다가 오후의 티타임까지 집에 계셨다. 루이는 도저히 빠져나갈 구실을 찾지 못했다. 일요일은 한없이 길게만 느껴졌다. 월요일이 되자 우울증에 걸릴 지경이었다. 과목마다 듣기 싫은 지적을 해 댔다. 화요일, 교문을 들어서려는 순간, 도저히 이건 아니라는 생각이 들었다. 장애물을 건너지 않으려고 버티는 말과 같았다. 루이는 길 가운데 버티고 섰다. 지나가는 아이들이 그를 쳐다보기 시작했고 1학년 하급생들은 커다란 가방으로 그를 밀치며 지나갔다. 루이는 천천히, 뒷걸음질 치며 학교로부터 멀어졌다. 그러다 반 바퀴 돌았고, 곧바로 뛰어서 그곳을 떠났다. 마이테 미용실을 여는 시각에 도착할 수 있을 거란 생각이 들었다. 가는 도중에 루이는 한 가지 핑계를 생각해 냈다. 선생님들이 파업을 한다고 하면…….

“무기한 파업이래요.”

루이가 마이테 원장에게 자세한 설명을 했다.

“삼학년 한 여학생 때문이에요. 그 여학생 말로는 체육 선생님이 자기를…… 으음…… 만졌대요. 그래서 그 선생님은 파면되었고, 그러니까 아직 파면된 건 아니지만, 징계 위원회에 출두해야 한대요.”

루이는 거침없이 술술 거짓말을 했다.

“그런데 그 여학생 얘기가 거짓말이라서 다른 선생님들이 체육 선생님을 위해 동맹파업을 하기로 했어요. 저도 그 여학생을 아는데, 정말 끝내주는 거짓말쟁이거든요. 교장 선생님 말로는 학교에는 와도 되는데 수업이 있을지는 확실치 않대요. 그래서 전 여기로 오기로 했어요.”

“마침 잘됐네.”

원장이 말했다.

“갸랑스가 이번 주는 학교에 가야 하거든.”

루이는 기분이 좋아서 헤벌쭉 웃었다.

"제가 갸랑스 대신 할게요."

클라라와 피피는 루이의 이야기를 그대로 믿었다. 그리고 영웅 심리에서 거짓말을 해 대는 학생들을 상대해야 하는 교직의 어려움에 대하여 이런저런 얘기를 하기도 했다.

그날 클라라는 루이에게 머리를 틀어 올리는 기술을 가르쳐 주었고 피피는 자기 머리를 가지고 커트 연습을 하게 해 주었다. 루이는 확실히 소질이 있었다. 한번 보면 그대로 따라 할 줄 알았다. 클라라의 손놀림을 그대로 따라 했고 피피와 똑같이 가위를 다루었다. 루이는 독창성을 발휘할 줄도 알았다. 클라라의 틀어 올린 머리에다 꼬마 손님이 놓고 간 아이스 바 막대기 세 개를 꽂은 다음, 아이섀도를 길게 그려 가늘게 찢어진 눈 화장을 해서 클라라를 색다른 금발 머리 중국 여자로 만들어 놓았다. 루이는 말없이 열심히 머리를 자르고 메이크업을 했다. 그의 손은 소심한 성격과는 전혀 달랐다.

"그럼 내일 봬요, 원장님!"

루이는 이제 다른 일은 생각하지 않았다. 집에 오면 동생 머리를 틀어 올려 주고 동생의 인형들 머리를 손질했다. 밤에는 피피가 빌려 준 미용 잡지를 읽었다. 잡지의 두 면에 걸쳐 임프롬투스에서 열렸던 맨프레드의 패션쇼 기사가 실려 있었다. 루이는 눈을 감고 마법에 걸린 듯한 늘씬한 모델들과 모히칸 족의 벼슬 모양을 하거나 뱀처럼 또아리를 튼 그들의 머리를 떠올려 보았다. 언젠가 그들의 세계가 자신의 것이 되리라고 생각했다.

다음 날이 되자, 루이는 자기가 처한 현실을 떠올리지 않을 수 없었다. 학교로부터 결석을 알리는 편지가 곧 도착할 거다. 중간에 가로채야 했다. 루이는 우편함에 손을 밀어 넣고 내용물들을 꺼내서 분류하는 버릇이 있었다. 학교에서 온 첫 편지는 목요일에 도착했고 그다음 편지는 토요일에 도착했다. 두 통 모두 동네 쓰레기통에 버렸다.

미용실에서 손님들은 샤를르 페기 중학교 교사들의 파업에 대해 이러쿵저러쿵 말을 했다. 노처녀 라뽀뽀르는 전적으로 교사들의 입장을 지지했다. 레미 부인은 교사들이 파업을 하면 학부모들의 생활이 힘들어진다는 주장을 폈다.

"학부모들이 임시 탁아소를 마련했대요."

클라라는 레미 부인과는 약간 다른 의견을 폈다.

가발을 다시 손보러 온 메니에 부인은 지역 신문에 그 소식이 나지 않은 게 뜻밖이라고 했다.

"그럴 필요도 없어요."

마이테 원장이 우겼다.

"이미 사람들 사이에서는 온통 그 애기뿐인걸요."

루이는 손님들의 구미에 맞게 거짓말을 덧붙이기도 했다. 체육 선생님은 결혼을 해서 딸이 둘인데, 그중 한 명이 자기 아빠를 고발한 여학생과 단짝이라고 꾸며 댔다. 그러자 노처녀 라뽀뽀르는 흥분을 참지 못했다.

"그 교사를 지지하는 탄원서라도 내야 해요!"

사람들은 루이의 학업에 대해서도 걱정을 했다.

"이렇게 와서 일하는 건 고맙지만 학년 말에 졸업 시험이 있는데."

마이테 원장이 말했다.

클라라에게 한 가지 생각이 떠올랐다.

"루이, 그러면 공부할 책을 미용실로 가지고 와. 공부하게 해 줄게. 나 학교 다닐 때 국어는 잘했어. 독서를 아주 좋아했거든!"

클라라는 학교 사서 선생님의 권유로 읽은 『언제나 딸과 함께』와 『난, 마약 중독자이자 창녀예요』라는 책에 대해서 이야기했다.

"난 수학을 잘했어."

원장이 기억을 더듬어 말했다.

피피는 전 과목을 한꺼번에 밝혔다. 모두 바닥이었다고. 대령은 피피를 '전 과목 꼴찌'라고 놀려 댔고 클라라는 배꼽을 잡고 웃었다. 날이 저물 무렵에는 클라라도 피피를 '전 과목 꼴찌'라고 불렀다. 피피는 화가 난 척했다. 어쩌면 정말 화가 났는지도 모를 일이다.

가방을 미용실로 가져오기 시작하면서 루이는 더 이상 침대 밑에 숨길 필요가 없어졌다. 클라라는 국어 교과서를 열심히 읽어 보았지만 〈행위자 도표〉와 〈친교법〉 같은 것에 적잖이 난감해했다.

"이런 건 기억이 나지 않아."

클라라가 책을 덮으며 말했다.

"지금도 기억나는 건 밤에 나와서 우유를 마시는 괴물 얘긴데……"

"오를라!"

피피가 말을 끊고 외쳤다.

"이봐, 아줌마, 전 과목 꼴찌도 공부 좀 했다는 거 아냐."

"맞아, 메리메의 『오를라』*야."

고전에 대한 지식을 발휘하게 돼서 기분이 좋아진 클라라가 나서서 보충을 했다.

"졸라 아닌가?"

지나는 길에 잠깐 미용실에 들른 갸랑스가 끼어들었다.

"무슨 소리야, 졸라는 『으제니 그랑데』**를 썼지."

마이테 원장이 갸랑스를 몰아세웠다.

---

* 메리메는 프랑스 소설가, 대표작 『콜롬바』『카르멘』. 『오를라』는 프랑스 작가 기 드 모파상의 작품.

** 졸라는 프랑스 소설가, 대표작 『목로주점』『제르미날』. 『으제니 그랑데』는 발자크의 작품.

루이는 마이테 미용실에서 국어 실력이 별로 좋아지지 않겠구나 싶었고 원장의 수학 실력에 대해 품었던 기대도 접었다. 원장은 수학 책을 펴더니 눈살을 찌푸렸고 안경을 끼면 좀 나을 거라고 했다. 그러나 안경을 도로 벗으며 한숨을 내쉬었다.

"요즘 수학은 간단치가 않네."

하지만 병에 걸리기 전에 실험실 조수였던 메니에 부인이 있었다. 부인은 루이에게 화학 강의를 했고 클라라가 염색 실습으로 내용을 보충했다. 클라라는 그릇과 휘젓는 기구를 꺼내 모두 보는 앞에서 탈색제와 30%의 산화제를 섞어 황금색 브릿지를 하기 위한 염색약을 준비했다. 다음에는 역사 강의였다. 전기를 즐겨 읽는 노처녀 라뽀뽀르가 샹폴리옹*의 생애에 관해 자세히 들려주었는데, 윈스턴 처칠을 존경하는 대령이 간간히 끼어들어 말을 중단시켰다. 꾸벅꾸벅 졸던 갸랑스는 윈스턴 샹폴리옹이 이집트 작전 때 독일군을 물리쳤다고 확신하며 미용실을 나섰다. 마이테 미용실은 오를레앙 교양인들의 중심지가 되어 가고 있는 중이었다.

"자, 그럼 황금색 브릿지 지원자?"

클라라가 계속 혼합물을 휘저으며 물었다.

클라라는 루이에게 눈독을 들였다. 루이는 결과를 생각해 볼 틈

---

* 이집트의 상형문자를 해독한 프랑스의 이집트 학자.

도 없이 머리가 은박지 조각으로 뒤덮이고 말았다.

"샴푸실로 올래?"

미용사가 은박지 조각을 떼어 내며 기분이 좋아서 다음과 같이 말했을 때, 루이는 등줄기에 식은땀이 흐르는 것을 느꼈다.

"색깔 잘 나왔네."

루이는 걱정 반 기대 반으로 머리를 헹군 다음 말렸다. 루이는 클라라의 손에 머리를 맡기는 걸 좋아했지만 이따금 눈을 들어 거울 쪽을 보았다. 갈색빛 머리카락 중간중간에 황금빛 이삭을 뿌려 놓은 것 같았다.

"맘에 들어?"

"정말 멋있어요."

루이가 우물우물 대답했다.

눈물을 참느라 눈이 시큰거렸다. 부모님께는 뭐라고 말하지?

미용실을 나서려는 순간 좋은 생각이 떠올랐다. 계산대 가까이에 순간 착색 염료 병이 놓여 있었다. 사육제나 새해 첫날 행사용으로 팔리는 제품이었다. 루이는 염료 병 하나를 슬쩍 집어 들고 집까지 뛰었다. 엄마가 오후에 응급 처치 수업을 듣기 때문에 어떻게 좀 해 볼 시간이 있다는 걸 알기 때문이었다. 플로리안은 저녁때까지 이웃집에서 맡아 주고 있었다.

루이는 욕실로 가서 노란색 머리마다 염료를 뿌렸다. 염료는 분홍색이었다. 루이는 머릿속으로 두 단계의 복잡한 거짓말을 꾸며 두었다.

"루이! 루이!"

저녁 식사 시간이 되자, 엄마가 불렀다.

"그래, 늑대도 배고프면 나오기 마련……."

루이 엄마는 미처 속담을 끝낼 수가 없었다. 루이가 환한 빛을 받으며 자신 앞에 서 있었다.

"어머! 어머!"

동생의 반응이었다.

페리에 씨는 입을 열 기운조차 없었다. 멀뚱멀뚱 눈만 크게 뜨고 바라볼 뿐이었다.

"도대체, 그게 뭐니?"

페리에 부인이 떠듬떠듬 물었다.

"네? 아무것도 아녜요. 친구가 장난치려고 이걸 학교에 가지고 와서요. 머리 감으면 다 날아가요."

"그거 내 바비인형 디자이너 놀이에도 있어. 그런데 분홍색은 남자보다는 여자한테 더 잘 어울리는데."

플로리안이 끼어들었다.

마침내 페리에 씨가 입을 열었다.

"당장 가서 머리 감고 와!"

루이는 대꾸하지 않고 바로 식당을 나섰다. 페리에 부인은 시선으로 아들을 쫓으며 허공에 피피가 와 있지 않나 하는 생각을 했다.

루이는 분홍색 물이 든 머리를 정성껏 씻어 내고 어색한 표정을 지으며 식탁으로 돌아왔다.

"이거 정말 못쓰겠네요. 머리를 탈색시켜요."

"그렇게 하니까 더 멋있어."

플로리안이 말했다.

페리에 씨는 의견이 달랐다. 그는 루이를 보고 제정신이 아니었다. 두 주먹으로 식탁을 쾅 하고 내리쳤다.

"당장 네 방으로 가!"

루이가 식당을 나가는데 걱정하는 동생의 말소리가 들렸다.

"그렇게까지 화내실 일은 아니잖아요?"

루이는 침대에 배를 깔고 누웠다. 어깨를 들썩이며 소리 없이 흐느껴 울었다. 루이는 동생을 꼭 껴안아 주고 싶은 마음에 베개를 끌어안았다.

12
보조 미용사

"모파상의 작품이었어!"

클라라가『오를라』책을 흔들며 들어섰다.

"어젯밤에 다시 읽어 봤어. 묘사라든가 모든 게 정말 기가 막히게 잘 쓴 소설이야."

"루이한테 빌려 줘. 읽고 요약문을 써 오라고 하면 되잖아."

일찍부터 학교를 싫어한 사람들이 그러하듯, 피피는 학교를 극도로 엄한 곳으로 여겼다. 그에게 책이란 받아쓰고 요약을 하기 위한 것이었다.

피피는 루이에게 공책과 연필을 쥐어 주고 커피 기계 옆에 앉혔다.

"모르는 단어가 나올 때마다 그걸 적었다가 저녁에 집에 가서 사전을 찾고 외우도록 해."

루이는 젊은 미용사에게 애처로운 눈길을 보냈다. 다행히 금요일에는 예약 손님이 많았다. 클라라가 예약자 명단을 들여다보고 있었다.

"피피, '로드리게스'라는 여자 손님 알아?"

"가슴 성형을 했다는 부인인가?"

"아니, 그건 에르난데즈 부인이고 남편이 알코올 중독자인 사람 말하는 거야."

마이테 원장이 아무렇지도 않게 고쳐 주었다.

"그리고 다르누, 아니 다르무아인가?"

"뒤누아라는 여자는 아는데, 누구 말하는지 원장님도 아시지요, 거 왜 누구나 올라탈 수 있게 몸을 맡기는 덩치 큰 말 있잖아요?"

"피피!"

마이테 원장이 호통을 쳤다.

루이는 손님이 안 보는 데서 이러쿵저러쿵 얘기하는 것을 보고 소리 없이 웃었다.

"어머, 열한 시 삼십 분에 본앙팡 씨잖아!"

클라라가 괴성을 토했다.

"아줌마, 자기가 해."

"아저씨, 자기 이름으로 예약되어 있거든."

"그 사람은 별난가요?"

루이가 물었다.

피피와 클라라가 동시에 코를 킁킁대며 지저분한 소리를 흉내 냈다.

"그런 버릇이 있는 사람이야."

마이테 부인이 터져 나오는 웃음을 참으며 말했다.

결국 모두 나서서 일을 했고, 손님 중에는 모르는 이름이 여럿 있었다.

로드리게스 부인은 10시쯤 도착해서 파마를 했다. 동네에 살았지만 마이테 미용실에는 처음이었다. 계산할 때 루이가 뿌린 전단지를 내놓았다.

"십 퍼센트 할인 쿠폰이 있어요."

"쿠폰이라뇨?"

마이테 원장이 펄쩍 뛰었다.

원장은 전단지를 집더니 안경을 끼고 읽어 보았다. 〈이 쿠폰을 제시하면 10% 할인해 드립니다.〉 원장은 실수로 불법 세계에라도 발을 들여놓은 듯한 불안한 시선으로 주변을 둘러보았다.

"할인 행사가 끝난 게 아니면 좋겠네요. 할인 쿠폰을 쓰려고 왔거든요. 사실 잘 가는 미용실은 따로 있는데."

손님이 말했다.

루이는 귀를 세우고 있었다. 『오를라』를 읽고 있는 중이었다. 루이는 읽던 책을 내려놓고 원장 쪽으로 향했다.

"제가 했어요."

"네가?"

"광고를 하려구요."

"할인은 되나요, 안 되나요?"

손님이 짜증을 냈다.

마이테 원장은 루이를 노려본 다음, 굳은 얼굴로 할인 금액을 제하고 나머지를 받았다.

"어떻게 된 거지?"

로드리게스 부인이 나가자 원장이 루이에게 다그쳤다.

루이는 입을 열고 대답을 하려고 해도 바들바들 입술이 떨렸다. 루이가 당황해서 어쩔 줄 몰라 하자 화가 났던 원장이 누그러졌다.

"물론 좋은 의도로 했겠지, 루이. 하지만 내 허락을 구했어야지."

"네, 맞아요."

루이는 숨을 돌렸다.

마이테 원장은 전단지를 집어 들고 다시 읽어 본 다음 한숨을 내쉬었다.

"이런 거 많이 만들었어?"

루이는 고개를 끄덕였다. 루이는 거기다 용돈을 전부 쏟아 부었다. 원장은 퍼뜩 의심이 들었다. 예약 장부를 다시 집어 들었다. 다르몽, 알리베르, 포지…… 모두 모르는 이름이었다. 그때 출입문의 차임벨이 울리고, 곧 코를 킁킁대는 듣기 싫은 소리가 들렸다.

"안녕하세요, 본앙팡 씨!"

덕분에 원장에게서 해방된 루이는 손님에게 줄 커피를 가지러 갔다. 그날 하루 동안 세 명의 손님이 10% 할인을 요구했다. 오후 다섯 시쯤, 루이는 탈의실로 점퍼를 입으러 갔다. 소리 없이 빠져 나가고 싶었다.

"루이!"

원장이 불러 세웠다. 루이는 어깨에 가방을 메고 불안한 얼굴로 다가왔다.

"네가 한 광고가 먹히는 거 같지?"

루이는 용기를 냈다.

"고객 카드도 만들면 좋을 것 같아요. 열 번 오면 열한 번째는 공짜로 해 주는 거죠."

"루이……."

마이테 원장이 고개를 끄덕였다. 루이에게 감동한 것이다.

"그 애하고 닮았어."

두 사람은 침묵 속에서 잠시 마음이 통했다.

"그 애 사진 보여 줄까?"

"네."

원장은 떨리는 손으로 가방을 뒤져 지갑 안의 사진을 꺼냈다. 섬세하고 진지해 보이는 얼굴의 청소년이었다.

"이름이 뭐였나요?"

"에띠엔느."

루이는 속으로 '사람마다 불행이 있는 법'이라는 말과는 다른 위로의 말을 찾아보다가, 포기하고 말았다.

"무슨 말씀을 드려야 할지 모르겠어요."

"예의상 하는 말보다 그게 더 나아. 누구도 말로 날 위로하지 못해. 말문이 막히니까."

루이는 눈물을 떨구었다. 손 하나가 다가와 눈물을 닦아 주는 걸 느꼈다.

"네 부모님은 복도 많으시지. 어서 집에 가거라."

루이는 출입문까지 가서 몸을 돌렸다.

"여기가 제 집인걸요."

미용실을 닫으며 마이테 원장은 직원들에게 물어보았다.

"한 가지 생각한 게 있는데, 고객 카드를 만들면 어떨까?"

"좋죠."

피피가 대답했다.

피피는 벽에 있는 집으로 통하는 문을 열어 놓고 클라라가 미는 원장의 휠체어가 지나갈 수 있도록 뒤로 물러섰다. 클라라는 피피 쪽으로 몸을 돌려 작별 인사를 했다.

"안녕, 이 악동."

클라라는 휠체어를 밀고 식당까지 갔다. 식탁에는 저녁상이 차려져 있었다.

"원장님, 말씀드리려고 했는데요, 저 이사 가려고요."

"지금 사는 데가 마음에 안 들어?"

"너무 외져서요."

클라라는 터놓고 얘기해야 하나 망설였다. 하지만 혼잣말처럼 중얼거리고 말았다.

"그자가 제 주소를 알아서요."

이번에는 마이테 원장이 망설였다. 원장은 클라라의 문제에 나서지 않을 수도 있었다. 그래도 상관없었다.

"클라라, 아직 집을 정하지 않았으면, 이층이 비어 있어."

원장은 썩 내키지는 않았지만 모르는 체할 수 없었다.

"원장님, 정말 고맙습니다. 더구나 직장하고 정말 가깝잖아요!

집세도 시세대로 낼게요."

클라라는 망설일 것도 없이 그 자리에서 원장의 제안을 받아들였다. 그녀가 얼마나 불안해하고 있는지 짐작이 가고도 남았다. 마이테 원장은 호의에서 그런 제안을 했을지언정 결코 손해를 감수할 사람은 아니었다. 클라라가 이층에서 살면 비싼 돈을 주고 테레사에게 시켰던 몇 가지 일을 해 줄 수 있을 거라고 생각했다. 두 사람이 헤어질 때, 이사 문제는 이미 해결이 되었다.

다른 요일과 마찬가지로 토요일에도 미용실은 9시에 열었다. 하지만 10시 이전에는 손님이 거의 없었다. 한가한 시간이었다. 은은한 불빛 아래 미용사들은 거울에 얼굴을 비춰 보며 개인적인 얘기를 나누었다.

"필립, 요즘 여드름이 들어간 것 같아."

"피부과를 바꿨거든."

피피는 수정 파운데이션을 바르고 있는 중이었다.

"그렇게 덧칠을 하면 안 좋아. 피부 숨구멍이 막히거든."

처음에 루이는 피피가 특이한 행동을 할 때마다 지나칠 정도로 크게 소리 내어 웃곤 했다. 하지만 이제는 익숙해졌다.

"루이 선생께서는 아직도 한밤중이야."

피피가 말했다.

루이는 눈꺼풀이 무거웠다. 도서관에 찾아볼 게 있다는 핑계를 한 번 더 대고 이른 시각인 8시 30분에 일어나 집을 나선 터였다.

"내 폭탄 세례 한번 받아 볼래?"

클라라는 그렇게 말하더니 루이에게 분무기의 찬물을 뿌렸다. 그러고는 젤을 발라 루이의 머리를 손질해 주었고 그사이 피피는 옆에서 매니큐어 도구를 챙겼다.

"원장님, 매니큐어 다시 발라 드릴까요?"

피피가 뭔가를 하고자 물어보았다.

마이테 미용실에서는 몸을 바꾸고, 가꾸고, 예쁘게 만들었다. 몸은 거울을 비추는 방향에 따라 다르게 보였다. 루이는 자신의 뒷모습, 앞모습, 옆모습을 보는 법을 배웠다. 그래서 자신이 등을 구부리는 습관이 있고 어른들의 시선을 똑바로 보지 않는다는 사실을 알게 되었다.

"어머, 갸랑스 양이잖아!"

피피가 차임벨이 울리는 소리를 듣고 반색을 했다.

루이는 어깨를 꼿꼿이 세웠다. 갸랑스만 보면 주눅이 들었지만 자신의 약한 모습을 보이고 싶지 않았다.

"토요일에도 나오다니 기특하기도 해라. 이젠 정말로 우리를 안 보면 살 수가 없나 봐."

피피가 놀려 댔다.

루이만이 갸랑스가 자신을 사랑하고 있다는 걸 눈치채지 못하고 있었다.

13
시련

미용실에 가지 않을 때 루이는 자신의 상황을 또렷이 의식했다. 부모님의 편지 없이는 이제 학교로 돌아갈 수 없는 상황이었다. 그렇다고 선생님들의 파업을 한없이 연장할 수도 없다. 루이는 막다른 길로 접어들고 있었다.

일요일이 되면 자주 현기증이 났다. 일요일 밤, 가출이나 자살밖에 다른 방도가 없다는 생각에 시달리다 걷잡을 수 없이 눈물이 줄줄 흘렀고, 울다가 그대로 잠이 들었다.

"루이! 어서 일어나! 늦었어!"

벌떡 일어나는데 방 전체가 빙빙 돌았다. 저혈압이 심한 것 같았다.

억지로 발을 질질 끌며 부엌으로 갔다.

"몸이 안 좋아요."

열도 없고 감기 기운도 없었다. 페리에 부인은 피곤해서 그렇다고 진단했다.

"누워 있어. 학교에 전화하마."

"아니요! 갈 거예요."

"아냐, 좀 쉬어야 해."

"괜찮아요. 걱정 마세요."

10분 후, 루이는 거리로 나섰다. 추적추적 비가 내리고 있었다. 발길 닿는 대로 걷다 보니 **마이테 미용실**의 불 꺼진 진열창 앞에 이르렀다. 문에다 손바닥을 댔다. 루이는 문이 열리고 차임벨이 울리기를 기대했다. 언젠가 이 미용실은 자신의 것이 될 것이고 일주일 내내, 그리고 밤새도록 불이 켜져 있을 것이다. 쉬지 않고 계속 뛰는 심장처럼. 루이는 레퓌블리크가로 해서 중심 상가까지 갔다. 그곳은 최소한 따뜻했다.

다른 애들이 서너 명씩 짝을 지어 자기처럼 어슬렁거리고 있는 게 눈에 들어왔다. 루이는 혼자였고 그것이 곧 그들의 눈에 띄었다. 루이는 슈퍼마켓에서 얼마 떨어지지 않은 곳에서 포위되고 말았다.

"전화카드 있냐?"

그들 중 한 명이 물었다.

그들은 루이보다 나이가 아주 많아 보이지는 않았지만 떼 지어 와서 몰아세웠다. 루이는 고개를 숙이고 공격해 오는 두 녀석 사이로 빠져나갔다. 루이는 뛰어서 전화기 파는 가게로 들어갔다. 출입문의 차임벨 소리가 기분 좋게 들렸다. 아직 숨을 헐떡이며 루이는 자기가 어떤 느낌을 주는지 모르는 채 신형 핸드폰 모델들을 구경하기 시작했다. 그는 지나치게 유행을 좇는 외모와 침통한 표정 때문에 수상쩍어 보였다.

"찾는 거 있어?"

무례한 반말에 놀라서 루이는 가게 주인을 쳐다보았다.

"아뇨."

"그럼 나가."

"돈을 뺏으려는 녀석들한테 쫓겨서……."

"그래, 알아. 이젠 나가. 아니면 경찰을 부른다."

루이는 진열창을 통해 밖을 내다보았다. 불량배들은 가고 없었다. 루이는 한쪽 어깨를 으쓱해 보이고는 그곳을 나왔다.

걷다 보니 패스트푸드점에 이르렀다. 조금 전과 달리 루이는 주변을 경계했다. 햄버거를 주문해서 한 입 베어 먹는데 이가 덜덜 떨렸다. 한기가 드는가 싶더니, 어느새 열이 났다. 그러다 다시 한기가 들었다. 벽에 몸을 편안히 기대고 시간을 죽였다. 점심때가 되자, 패스트푸드점이 소란스러워졌다. 중학교 애들이 몰려드는 시간이었다.

"아, 루도!"

루이는 소스라치게 놀랐다. 3학년 3반 애들이 들어왔고 그중에 루도빅 장송이 있었다. 일어서는데 다리가 후들후들 떨렸다. 어질어질하더니 이제 움직일 때마다 주변이 까맣게 보였다. 벽과 바닥이 정상적으로 보이게 되자 루이는 출구로 갈 생각을 했다. 루도빅은 줄을 서서 차례를 기다리며 빅맥과 280*사이에서 망설이고 있었다. 루이는 그 틈을 타 빠져나갔다.

내리는 비 때문에 루이는 다시 중심 상가 쪽으로 향했다. 어슬렁댄다는 말, 루이가 딱 그 모습이었다. 몇 평 안 되는 공간에서 하릴없이 배회하고, 진열창에 붙어 서서 전시된 물건들이 어느 정도로 비싼지 알아보려고 유로를 프랑으로 환산해 보고, 쏘아보거나 의심하는 시선을 받으면 그 자리를 떠났다가, 한 시간 후에 다시 되돌아왔다.

"문자 좀 보내야겠는데 핸드폰 없어?"

세 놈이 다시 루이를 몰아세웠다.

"없어, 안 비켜!"

---

* 고기가 280그램 들어간 큰 햄버거

루이는 빠져나갈 틈을 찾았지만, 놈들은 더욱 거리를 좁혀 왔다. 한 놈이 박치기를 하려고 이마를 들이밀었다. 구부리고 있던 루이가 느닷없이 몸을 일으키는 바람에 상대는 눈두덩을 루이의 광대뼈와 부딪히고 말았다. 공격에 실패한 것이다. 다른 놈이 조이기 공격을 하려고 루이의 손목을 잡고 등 뒤로 가져가 비틀었다. 그러나 루이는 아직 자유로운 한 팔을 사용하여 팔꿈치로 상대의 얼굴 한복판을 세차게 갈겨 보도 위에 때려눕혔다. 예상치 못한 쾌거였다. 그 자리에서 뛰쳐나오는데 등 뒤로 입에 담지도 못할 지독한 욕설들이 날아왔고 광대뼈 부근이 화끈거렸다. 루이는 갸랑스를 떠올렸다. 화요일 날 만나면 들려줄 무용담이 생긴 것이다. 루이는 상체 비틀기, 그리고 팔꿈치 공격으로 이어지는 싸움판의 필름을 천천히 다시 돌려 보았다. 그런데 공격 동작을 다시 해 보다가 문득 생각이 났다. 뭔가 허전했다. 싸움판에서 거추장스러웠을 뭔가였다. 배낭이었다.

"이런 제기랄!"

루이는 보도에 멈춰 서서 연신 "제기랄"을 외쳐 댔다. 패스트푸드점에 배낭을 놓고 왔던 것이다. 큰 기대는 하지 않고 뛰어가 보았다. 새로 산 지 얼마 안 된 이스트팩 배낭이었다. 보이지 않았다. 점원들은 보관해 둔 게 아무것도 없다고 했다. 패스트푸드점을 나서면서 거울을 보니 얼굴의 멍 자국이 눈에 들어왔다.

집에 돌아와 혼자 있게 된 루이는 동생의 지갑을 털기 시작했다. 광고 전단지 만든다고 가진 돈을 몽땅 털어 넣었는데, 이젠 이스트팩을 새로 사야 했다. 거짓말하고, 길거리를 배회하고, 싸움질하고, 돈까지 훔쳤다. 루이는 범죄의 늪에 빠져들고 있었다. 그에 비하면 보드카를 마셔 댄다는 친구는 양반이었다.

루이는 욕실 거울에 서서 이리저리 비춰 보다가 문득 클라라 눈가의 멍이 떠올랐다. 루이는 엄마의 화장대를 열고 파운데이션을 찾았다. 파운데이션을 스펀지에 조금 묻혀 광대뼈 위에 펴 발랐다. 하지만 파운데이션을 바른 진한 부분과 밝은 부분 사이의 경계가 확연히 드러났다. 그러자 루이는 건강하게 보일 거라고 생각하며 피피가 했던 것처럼 얼굴 전체에 파운데이션을 펴 발랐다. 욕실 불빛 아래서는 괜찮았다. 그러나 식당의 밝은 천장 불빛 아래서는 파운데이션 자국이 드러날 위험이 있었다.

저녁 식사 시간에 페리에 씨는 부인에게 응급처치 강의에 대해서 물었다. 페리에 씨는 요즘 활기차 보이는 부인에게 관심이 있는 척하고 싶었다. 그는 이따금 루이를 살폈다. 무언가 마땅치 않았다. 하지만 무슨 말을 해야 할지 모르는 듯했다. 페리에 부인이 한참 인공호흡 얘기를 하고 있는데 플로리안이 갑자기 생각난 듯 입을 열었다.

"루도빅이 학교로 동생을 찾으러 왔다가 오빠한테 전하라던데……."

플로리안이 루이 쪽을 향하자 모두 루이를 쳐다보았다.

"……과제물 가져다주겠다고."

"나한테 과제물을 가져다준다고."

루이는 모르겠다는 투로 되뇌었다.

플로리안은 다른 사람들이 모르는 게 자기 잘못은 아니라는 표정을 지었다.

"루도빅이 그렇게 말했어."

"네 숙제를 루도빅한테 시켜? 그건 또 무슨 짓이냐?"

페리에 씨가 물었다.

"루이, 볼에는 그게 뭐니?"

엄마가 갑자기 물었다.

루이는 급히 둘러댔다.

"에이, 아무것도 아니에요. 좀 다퉜어요."

"싸웠어! 어디서? 누구랑?"

페리에 부인이 소리쳤다.

루이에게 어렴풋이 빠져나갈 구멍이 보였다.

"애들요. 모르는 애들이에요. 그 애들이 제 배낭을 훔쳐 갔어요. 그래서 루도빅이 숙제하라고 자기 책을 빌려주겠다는 거죠."

부모님은 기가 막혀서 서로 쳐다보았다.

“얻어맞고 도둑질을 당했는데도 아무 말도 안 해!”

“그런다고 뭐가 달라지나요?”

루이는 말을 더듬었다.

“신고하고, 학교에도 알려야지.”

페리에 부인이 말했다.

“우리 학교 애들이 아니라니까요. 중심 상가에서 노는 애들이란 말이에요.”

루이는 당황해서 제정신이 아니었다.

페리에 씨는 이야기의 맥을 쫓으려고 애를 썼다.

“그럼 너도 중심 상가에 간 거야?”

“예…… 아뇨, 전 아니라니까요! 걔들은 거기서 아주 살다시피 하거든요.”

아버지는 점점 더 사납게 루이를 쏘아보았다.

“아니…… 얼굴은 또 어떻게 된 거야?”

루이는 손을 얼굴로 가져갔다.

“괜찮아요, 멍이 든 것뿐이에요! 녀석이 박치기를 하려고 했거든요. 녀석은 저보다 더 많이 다쳤어요. 다른 한 녀석은 제가 때려 눕혔고요.”

“우아, 센데.”

플로리안이 감탄했다.

하지만 페리에 씨는 루이의 얼굴 쪽으로 손을 뻗었다.

"이건…… 뭐야? 얼굴에 뭘 바른 거지?"

루이는 얼떨결에 얼굴을 문지른 다음, 자신의 손가락을 쳐다보았다. 피피가 말한 대로 파운데이션을 두껍게 발랐던 것이다.

"파운데이션을!"

페리에 부인이 외쳤다.

"치료하려구요!"

루이는 겁을 먹었다.

"으음, 가리려구요. 간호사가 그랬어요."

"간호사가."

페리에 씨는 기가 막혀서 그렇게 되뇌었다.

"네, 학교 간호사요. 소독약을 발라 주었어요. 그런데 보기가 흉했어요. 그래서 한 여자애가 그…… 그걸 발라 줬어요. 멍 자국을…… 멍 자국 위에 바른 소독약을 가리려구요."

"아니, 말이 되는 소리를 해야지……."

묘한 동지애가 발동한 플로리안이 결정적으로 부모님의 판단을 흐려 놓을 수 있는 묘안을 생각해 냈다.

"간단해요, 아빠. 루이가 멍이 들었어요. 그래서 학교 간호사가 소독약을 발라 줬어요. 소독약은 노란색이죠. 푸른색에 노란 색을

칠하면 초록색이 되죠. 얼굴에 초록색 자국이 있는 건 보기 싫죠. 그래서 루이의 여자 친구가 그 색을 가리려고 짙은 색 파운데이션을 발라 준 거죠. 더 낫잖아요, 마치 선탠한 것처럼."

플로리안은 마지막 문장을 마치 "자, 그럼, 이걸로 사건은 끝난 거예요"라는 투로 말했다. 페리에 씨는 잠시 어리둥절한 듯했다가, 다시 불같이 화를 냈다. 두 주먹으로 식탁을 내리쳤다.

"당장 가서 씻고 와!"

방으로 들어오자, 루이 때문에 걱정이 된 페리에 부인이 남편에게 자신의 추측을 말했다.

"루이의 여자 친구라는 애가 그 피피인 것 같아."

"나한테 더 이상 만나지 않겠다고 약속했어."

"알잖아, 약속을 해도 그 나이에는……. 머리를 분홍색으로 만들고 파운데이션을 바를 생각을 한 건 틀림없이 그 어린 미용사야. 그런 것 같지 않아?"

페리에 씨는 천천히 고개를 끄덕였다. 언젠가 루이한테 직접 얘기를 듣자. 그래, 그렇게 하자.

14
바른 길

그 주 화요일, 클라라는 미용실에서 보내게 될 새로운 한 주를 준비하고 있었다. 아직 이사 날짜를 잡지는 않았지만 마음이 급했다. 그녀가 살고 있는 두 칸짜리 자그마한 아파트에는 생각하기조차 싫은 추억이 너무도 많았다. 그가 '친구'라며 두 남자를 데려왔던 일, 사진을 찍자고 했던 일, 자기를 때렸던 일……. 클라라는 그 일들을 떠올리며 새삼 진저리를 쳤다. 그녀는 한때 열렬한 사랑을 믿었었다. 그는 자기를 팝*이라고 부르게 했다. 그는 랩 음악에 나오는 남자 같았다. 클라라는 자칫 수렁으로 빠질 수 있었

* 프랑스의 랩 가수.

던 경험을 차마 입에 담기조차 어려웠다. 그건 자신이 아니고, 자신의 삶이 아니었다. 영화에나 나올 법한 삶이었다. 자신의 삶은 마이테 미용실, 피피, 갸랑스, 그리고 진지하고 품위 있으며 여섯이나 일곱 살만 더 많았다면 자신의 이상형이었을 어린 루이와 함께 하는 데 있었다.

클라라는 거리로 나서자, 하이힐에 익숙한 여자들이 그렇듯, 힘차게 엉덩이를 흔들며 걷기 시작했다. 팝이 불쑥 곁에 나타났지만 클라라는 그가 오는 소리를 듣지 못했다.

"잘 있었어, 클라라."

클라라는 잔뜩 겁을 먹은 짐승처럼 흠칫 뒤로 물러섰다.

"미안. 나 땜에 놀랐어?"

그는 저음으로 감상적인 노래를 부르는 가수의 목소리를 내려고 애를 썼다. 하지만 격한 감정 때문에 목소리가 갈라져 나왔다.

"난 아직도 널 사랑해, 클라라. 난 네 생각만 해."

"날 내버려 둬. 이제 널 만날 일 없어."

클라라는 그렇게 말하며 걸음을 재촉했다.

"넌 그런 말 한 적 없어. 그렇다면 그동안 거짓말한 거야?"

어느새 목소리가 위협적이 되었다. 클라라는 정말 겁이 났다. 이 남자에게 있는 짐승 같은 면이 드러났다. 그가 느닷없이 클라라를 잡았다.

"넌 내 여자야. 나랑 잤잖아."

그는 계약을 한 사람에게 권리를 요구하는 악마처럼 그 말을 했다. 클라라는 빠져나가려고 팔에 힘을 주었다. 하지만 그는 더 세게 움켜쥐었다.

"이거 놓지 못해? 놓지 않으면 죽여 버릴 거야!"

그 남자에 대한 미움으로 클라라는 뜻밖에 힘이 솟았다. 팔을 힘껏 당기자 그는 비틀비틀하더니 잡았던 손을 놓았다. 클라라는 정신없이 뛰었다. 몇 걸음만 가면 사람들의 왕래가 많은 도로에 이를 수 있다. 그곳에 이르자 클라라는 조금 더 뛴 다음 뒤를 돌아보았다. 그는 보이지 않았다. 클라라는 발걸음을 멈추고 울음이 터져 나오는 것을 참으려고 한 손을 입으로 가져갔다. 다시 발걸음을 옮겼지만 어깨가 너무 아파 왼팔을 붙잡지 않을 수 없었다. 미용실에 도착한 클라라는 마이테 원장이 마땅치 않게 여길까 봐 그 재수 없는 만남에 대해서는 입을 다물기로 했다. 그런데 머리를 자르거나 손질하려고 왼쪽 팔을 들 때마다 너무 아파서 얼굴이 핼쑥해졌다.

그 주 화요일은 유난히 재촉하는 손님이 많았다. 성격상 서두를 수 없는 피피는 별것 아닌 일에 짜증을 부렸다. 누가 자기 가위를 가져갔다는 둥, 화장실 문을 닫지 않는다는 둥, 샴푸실 세면대를 닦아 놓지 않는다는 둥. 그러다 결국은 클라라에게 불평을 했다.

"빨리 좀 해! 오늘 아침에는 내가 다 하잖아."

"내일은 내가 더 할게."

"하여튼, 금발 머리 여자들이란!"

필립은 눈을 들어 천장을 보며 한숨을 내쉬었다.

클라라가 세트를 마는 동안 루이가 도왔다. 클라라는 세 번이나 롤을 떨어뜨렸다. 그런 일은 처음이었다.

"나머지는 제가 할게요."

루이가 클라라의 귀에 대고 속삭였다.

그럴 수 없는 일이지만, 그들이 이층에 있어서 원장이 보질 못했다. 클라라는 손님에게는 루이가 곧 세트 마는 시험을 보기 때문에 연습이 필요하다고 둘러댔다. 그러고는 등받이가 없는 의자에 걸터앉아 몇 가지 가르쳐 줬지만, 이미 눈여겨보아 온 루이에게 그것은 쓸데없는 충고였다.

"클라라, 커트 손님 한 분 올라가셔."

마이테 원장이 계산대에서 소리쳤다.

미용사는 힘든 듯 한숨을 토했다. 갸랑스가 방금 샴푸를 해 준 청년이 이층으로 올라왔다. 클라라는 커트를 시작했다. 하지만 한 손으로는 빗을 다른 한 손으로는 가위를 잘 잡지 못하는 게 루이의 눈에 들어왔다. 클라라는 끊임없이 왼팔을 떨구었다.

"제가 자를게요."

루이가 속삭였다.

손님은 소심해서 차마 싫다는 말을 못했다. 깔끔하게 일을 해낸 루이는 약간의 끝손질만 클라라에게 맡겼다. 손님이 내려가자 클라라는 루이 쪽으로 몸을 굽히고 그를 얼싸안았다.

"넌 정말 괜찮은 녀석이야."

루이는 클라라를 처음 봤을 때부터 자기가 클라라를 보호해 줄 수 있을 것 같았다.

"점심 사러 갈래?"

계단 밑에서 갸랑스가 루이를 소리쳐 불렀다.

갸랑스는 루이가 클라라와 딱 붙어 있는 걸 보고 싶지 않았다.

둘이 밖으로 나오자, 애송이 보조 미용사는 퉁명스럽게 쏘아붙였다.

"네가 하는 파업 얘기는 너무 이상해. 차라리 다른 핑계를 찾지."

루이는 말없이 듣고 있다가 혼잣말처럼 중얼거렸다.

"그걸로 통하는 한은……."

"그러다 너희 부모님이 아시면?"

"우리 아버지는 나를 죽일 거야."

루이는 그렇게 확신하는 듯했다.

"내가 임신한 걸 알았을 때 우리 아버지 같구나. 아버지는 따귀를 때리셨어!"

루이는 새파랗게 질린 눈으로 갸랑스를 쳐다보았다.

"그런 눈으로 보지 마, 낙태했으니까……."

갸랑스는 루이의 표정을 보고 그 얘기를 꺼내지 말 걸 그랬다고 여겼다.

"그래, 형편없지."

갸랑스는 후회스러운 듯 약간 뚱한 표정을 지었다.

둘은 잠시 좀 떨어진 채 걸었다.

"어떻게 할 건데?"

갸랑스가 다시 말을 건넸다.

"몰라."

"학교로 돌아가야 할 것 같지 않아?"

"난 일이 하고 싶어."

일을 한다. 두 손을 쓰는 일을 한다. 열네 살에. 순간 갸랑스는 뭐라고 대꾸할 말이 없었다. 갸랑스는 스스로 어리석은 짓이라고 여기며 수없이 많은 탈선을 해 왔다. 오후가 지나면서 루이는 그렇게 해서는 안 된다는 생각을 했다. 자기는 그래도 된다. 하지만 루이는 그러면 안 될 것 같았다.

오후 5시까지 루이는 이층에서 클라라를 도왔다. 클라라에게 아스피린을 구해다 주기도 하고, 차도 타 주고, 어깨도 주물러 주고, 클라라를 대신해서 힘닿는 한 열심히 일했다. 그러고는 미안해하는 클라라를 남기고 미용실을 나섰다.

루이에 이어, 갸랑스가 미용실을 나서며 계산대로 향했다.

"원장님, 루이 일로 한 가지 말씀드릴까 해서요."

"그래?"

원장은 사랑의 슬픔에 관한 얘기를 들을 태세였다.

"루이가 다니는 학교에 파업 같은 건 없어요. 루이가 일부러 학교를 빠지는 거예요."

마이테 원장은 설마 하다가 기겁을 하며 눈을 동그랗게 떴다.

"확실해?"

"루이가 그랬어요."

"맙소사!"

충격이었다. 그렇게 착한 아이가.

"아니, 왜…… 왜 그러는 건데?"

"미용사가 되고 싶대요."

갸랑스는 아무래도 웃기는 생각 같다는 표정을 지으며 대답했다.

"맙소사! 필립! 필립!"

원장은 너무나 황당해서 가만히 있을 수가 없었다.

아직도 기분이 별로 좋지 않은 필립이 계산대로 다가왔다.

"또 뭐죠?"

"피피, 기가 막히는 일이야. 루이가 말이야…… 거짓말을 했어. 요즘 학교에 가지 않는대."

클라라가 난간 위로 몸을 굽혔다.

"무슨 말씀이세요?"

마이테 미용실 사람들은 모두 하던 일을 멈추고 원장 주변으로 모였다.

"걔네 아버지가 굉장히 무섭대요. 아버지가 알면 루이는 죽는대요."

갸랑스가 말했다.

"그럼 엄마는?"

클라라가 물었다.

"먼저 루이에게 말을 해야 할 것 같아요."

피피의 의견이었다.

"제가 할게요."

"타이르는 건 오히려 내가 해야지. 그 애는 우리 미용실에 왔고 내가 책임자잖아."

마이테 원장이 나섰다.

"맞아요, 하지만 그 애는 내가 더 잘 알아요, 같은 또래니까요."

갸랑스가 우쭐댔다.

"그 애는 늘 내 곁에 있었어."

클라라가 우겼다.

누구도 양보할 기세가 아니었다. 마이테 원장이 예약자 명단을 살펴보았다.

"내일 네 시 삼십 분이 좀 한가하네."

다음 날은 수요일이었고, 루이는 테니스 클럽에 가는 척했다. 오후 2시 무렵, 미용실에 도착했다.

"안녕, 루이!"

갸랑스, 피피, 클라라, 마이테 원장이 입을 모아 합창을 했다.

루이는 영문을 몰라 깜짝 놀랐고 짐을 갖다 놓으러 탈의실로 갔다. 전날처럼 이층에서 클라라를 도우려고 했다. 하지만 이번에는 클라라가 사양했다.

"이제 좀 나아졌어, 루이. 고마워."

오후 4시 25분 무렵, 노처녀 손님 라뽀뽀르가 나가자, 피피는 출입문에 〈휴업〉이라는 팻말을 내걸었다. 클라라는 이층에서 내려왔고 갸랑스는 탈의실에서 나왔고, 루이는 사람들로 에워싸였다.

"얘기 좀 할까."

마이테 원장이 부드럽게 말했다.

루이는 보조 미용사에게 원망에 찬 눈길을 보냈다.

"요즘 왜 학교에 안 가지?"

루이는 두 손을 꼭 잡고 손마디를 꺾어 두두둑 소리를 냈다.

"모르겠어요."

루이는 숨을 몰아쉬었다.

"성적이 나빠서?"

루이는 고개를 끄덕였다. 그러다 가로저었다. 성적은 문제가 아니었다.

"그냥 가기 싫어서요."

숨이 막히고, 어지럽고, 달아나고 싶고, 부끄럽고, 진땀이 나고, 한기가 들었다. 갸랑스는 그런 루이가 가여웠다.

"미용실에서 일하고 싶어서래요."

"루이더러 말하게 놔둬!"

마이테 원장은 단호했다.

"미용실에서 일하려고 해도 학교는 다녀야 해."

피피가 나섰다.

마이테 원장은 지친 듯 한숨을 내쉬었다. 원장은 루이가 자신의 생각을 밝히기를 바랐다.

"루이, 말을 해야 돼."

루이는 속으로 되뇌었다. '말을 해, 말을 해.' 하지만 말이 나오지 않았다. 검은 구멍이 다가왔다. 식은땀이 줄줄 흘렀다.

"저는…… 저는……."

갸랑스와 피피가 같은 동작을 취했다. 두 사람은 루이에게 달려들어 기절하려는 순간 루이를 부축했다. 정신이 들었을 때, 루이는 얼굴 가득 스프레이 세례를 받고 있었다. 루이는 바닥에 누워 있었고 세 명의 얼굴이 그를 내려다보고 있었다.

"진정해, 루이. 이제 괜찮을 거야."

루이는 피피의 부축을 받으며 일어섰다.

"우리 아버지."

루이가 나직이 말했다.

"너희 아버지한테는 아무 말도 안 할 거야."

클라라가 약속했다.

"하지만 학교에는 다시 가야 해. 중학교를 마치지 않으면 미용실에서 너를 받지 않을 거야."

피피가 덧붙여 말했다.

"하지만 여러분, 여러분은 제가 오기를 바라지 않나요?"

루이가 울음을 터뜨렸다.

"난 너를 고용할 권한이 없어. 넌 열네 살이고 실습을 하고 있는 것도 아니잖아."

마이테 원장이 대답했다.

현실을 납득시키는 일은 쉽지 않았다. 루이는 무릎에 얼굴을 묻고 흐느껴 울었다. 얼마 후 진정이 되었다.

"우리 할머니."

루이는 아직 눈물을 글썽이며 입을 열었다.

누군가 루이를 도울 수 있다면 그건 할머니였다. 마이테 원장은 전화기를 들었다.

"할머니한테 전화해 보자. 02…… 루이, 할머니 전화번호는?"

원장은 단호하게 보이려고 애를 썼지만 내심 충격을 받은 상태였다. 하지만 페리에 씨의 아들을 바른 길로 인도하기 위해 필요한 일을 했다.

15
약속

피피는 25평방미터 크기의 가구가 거의 없는 원룸 스튜디오에서 혼자 살았다. 그는 창문에 커튼을 달지 않았다. 유리창으로 둘러싸인 공간에서 지내는 게 습관이 된 탓이었다.

월요일이면 정오까지 잠을 잤다. 그런데 그 주 월요일에는 9시 반에 일어나 있었다. 출근할 때처럼 흰 셔츠를 입고, 좁은 욕실로 들어가 장에서 파운데이션을 꺼냈다. 바르려는 순간, 피부과 의사의 처방이 정말 효과가 있는 건지 곰곰이 생각해 보았다. 피피는 이마로 스펀지를 가져가다가 주춤하더니 파운데이션을 바르지 않은 얼굴을 살펴보았다. 그럭저럭 봐 줄 만했다. 파운데이션 갑을 탁 하고 닫았다. 조금 전부터 신경이 예민했다. 손목시계를 보았다.

"이런 젠장, 젠장."

약속 시간에 늦은 것이다. 샤를르 페기 중학교에서 10시에 약속이 있었다.

루이는 벌써 와 있었다. 루이에게는 정문을 들어서기가 쉽지 않았다. 이 주일을 결석한 터라 빗발칠 질문이 두려웠다.

"아팠어?"

루도빅이 물었다.

"인후염."

루도빅은 은근히 루이를 경계했다. 얼마 전까지는 자신이 루이보다 뛰어나다고 믿었었다. 테니스도 더 잘 치고, 공부도 더 잘하고, 늘 기발한 생각도 더 잘 해냈다. 그런데 여자애들에게는 루이가 인기가 있었다. 첫째 시간인 국어 시간에도 루이는 나이가 더 많고 약간 반항적인 여학생인 아나엘과 짝이 되었다.

수업 시간에 루이는 선생님과 여러 번 시선이 마주쳤다. 쉬는 시간이 되자, 선생님은 루이를 불렀다.

"교장 선생님께서 열 시에 오라신다. 당장은 친구들에게 네가 한 행동을 자랑 삼아 떠벌리지 말라는 부탁 한 가지만 하마."

"알겠습니다."

선생님은 루이가 정말로 말귀를 알아듣고 그렇게 대답하는지 확실치 않아 눈썹을 찡그렸다.

"선생님이 왜 불렀어?"

복도로 나오자 루도빅이 물었다.

루도빅은 루이가 학교 당국과 문제가 있다는 걸 눈치채고 있었다.

"아무것도 아냐."

"빠진 부분을 따라잡아야 할 거야. 금요일에는 『오를라』를 읽어 오랬어."

루이는 정말 운이 좋았다.

"읽었어. 요약도 했고."

10시 15분 전, 루이는 국어 선생님의 신호에 따라 가방을 챙겨서 교실을 나섰다.

교장실로 가자면 대리석으로 된 정면 계단을 걸어 올라가, 크림색 양탄자가 깔린 복도를 따라간 다음, 비서실 문을 노크해야 했다.

"곧 만나 뵐 수 있을 테니까, 앉아서 기다려."

여비서가 말했다.

소환된 학생들은 대개 10분가량 기다렸다. 그동안 학생들은 방과 후 학습, 경고 그리고 정학 중에서 어떤 벌이 나은지 비교해 볼 수 있었다. 루이는 교장 선생님이 엄마와 할머니가 한 자 한 자 신중하게 쓴 편지를 받았다는 사실을 알고 있었다. 하지만 마이테 원장이 전화를 한 사실은 몰랐다.

"들어가도 돼."

여비서가 일러 주었다.

일어서는데 잠깐 현기증이 났다 사라졌다. 교장실을 향해 발걸음을 옮겼다. 루이는 교장을 보기만 했을 뿐이다. 그는 열심히 공부하는 것도 아니고 말썽을 피우는 것도 아니어서 학교 당국이 모르는 학생에 속했다.

"들어오게, 페리에 군. 앉지. 그런데 우리 학교가 파업 중인 것 같은가?"

루이는 그럴 때 씩 웃어야 하는지 궁금했다. 의자 끝에 엉덩이를 걸치고 엉거주춤 앉았다. 교장은 아버지만큼이나 미남이었다. 그는 책상 위에서 서류를 뒤져 페리에 부인의 편지를 찾아냈다.

"자네 어머니의 편지를 보면 자네가 학교에 흥미가 없는 건 분명하네. 공부가 자네에게는 너무 추상적이라는데…… 그것 참 유감이군."

루이는 그런 빈정대는 어조보다는 호통을 치는 편이 더 나을 것 같았다.

"많은 젊은이들이 자격증도 기술 교육도 받지 못한 채 학교를 나서는 것이 현실이네. 그들이 어떻게 되는지 아나?"

"실업자가 됩니다."

루이는 예의상 대답했다.

"자네하고는 별로 상관이 없다는 표정이군."

루이는 추궁을 받으면 오히려 무덤덤해지면서 태연해 보였다. 루이는 고개를 떨구고 손가락 마디를 꺾어 두두둑 소리를 냈다. 문에서 노크 소리가 들렸다.

"네, 들어오세요."

루이는 후유 한숨을 내쉬었다. 잠시라도 한숨 돌릴 수 있는 게 다행이었다.

"죄송합니다. 제가…… 제가 좀 늦었습니다."

루이는 놀라서 비명을 질렀다. 피피였다.

"천만의 말씀입니다, 루아젤 씨. 쉬는 날 이렇게 와 주시는 것만도 고마운걸요."

교장 선생님은 피피에게 루이를 가리켰다.

"당신의 '실습생' 맞습니까?"

루이의 얼굴 표정이 일그러졌다. 필립이 여기는 왜 온 거지? 데리고 있던 루이가 **마이테 미용실** 사람들을 얼마나 감쪽같이 속였는가를 말하러 온 걸까? 피피도 엉거주춤 의자 끝에 엉덩이를 걸치고 앉았다. 피피는 짧았던 학창 시절에 여러 번 '선도부'의 처벌을 받은 경험이 있다. 교장이 루이에게 말했다.

"루아젤 씨는 **마이테 미용실**을 대표해서 오셨네."

문득 루이는 교장의 눈길에서 즐기는 듯한 모습을 보았다.

"페리에 군, 자네는 거짓말은 했어도 마이테 미용실에는 아주 좋은 인상을 남긴 것 같더군."

"아주…… 아주 착한 학생입니다."

필립은 말을 더듬었다.

"재능도 있습니다. 그러니까, 제 말 아시겠습니까?"

"미용 기술에요?"

교장이 물었다.

"그렇습니다."

루이는 슬그머니 미소를 지었다.

"미용 일이 마음에 드나, 루이?"

교장이 물었다.

"예…… 예, 선생님."

교장은 일어서더니 루이의 두 눈을 응시했다.

"자네는 일을 하고 싶다, 그건가?"

"예, 선생님."

"열네 살에?"

"예, 선생님."

교장은 근엄한 표정을 지으려고 애를 썼다. 하지만 이미 마음이 기운 상태였다. 교장은 몇 초 만에 루이가 열다섯 살에 고래잡이

배를 타는 사람들과 같은 부류의 아이라는 걸 깨달았던 것이다.

"한 가지 제안을 하겠습니다."

교장은 그렇게 말하며 필립을 향해 손을 내밀었다.

"계약서는 가져오셨겠지요?"

"예, 선생님."

피피는 루이와 같은 말투로 대답했다.

피피는 주머니에서 종이 한 장을 꺼내 책상 위에 올려놓았다.

"이게……."

교장은 종이를 흔들며 말했다.

"이게 계약서라네, 페리에 군. 내가 읽어 줄까?"

루이는 머리말에 **마이테 미용실**이라고 쓰인 서류를 보자 너무나 감격해서 간신히 고개만 끄덕였다.

"서류에는 이렇게 명시되어 있네. 〈**루이 페리에는 시간표에 따라 샤를르 페기 중학교**……〉"

교장은 읽다 말고 두리번두리번 주변을 둘러보더니 중얼거렸다.

"여기 같은데…… 〈**샤를르 페기 중학교에 출석할 것을 약속한다. 그 대신 마이테 미용실은 수요일과 토요일 오후에 미용 실습을 제공하기로 한다.**〉 자네가 결정하게, 루이. 만약 자네가 이 계약서에 서명을 하면, 학년 말까지 반드시 약속을 지켜야 하네. 나중에 전체적으로 평가해서 모든 사람이 자네가 이룬 결과를 양호하다고 판단하고 여전히 자네가 원하면 진로를 실업계 고등학교로 신청해서 미용사 자격증 과정을 밟을 수 있을 걸세."

"저희 어머니도 알고 계시나요?"

"자네 부모님께서 동의하셨네."

루이는 눈살을 찌푸렸다. 이번에는 엄마가 거짓말을 한 것이다. 페리에 씨는 모르고 있는 게 틀림없었다.

"교장 선생님, 펜 좀 빌려도 되겠습니까?"

"자네가 할 약속을 천천히 다시 읽어 보게."

루이는 다시 읽어 본 다음, 날짜를 쓰고 서명했다. 이어서 필립이 마이테 미용실을 대표해서 서명했다. 교장이 자리에서 일어났다.

"루이, 자네는 두 주일 동안 결석한 것을 보충해야 될 거야. 자넬 믿어도 되겠나?"

"예, 명심하겠습니다."

두 사람은 악수를 나누었다.

필립은 아주 흡족해하며 집으로 돌아왔지만, 마음 한구석이 아렸다. 운이 좋은 루이는 자신의 길을 갈 때 이해하고 지지해 줄 수 있는 사람들을 만났다. 하지만 필립은 열네 살 때, 몹시 방황했다. 아무도 그를 신뢰하지 않았고, 도와주는 사람도 없었다. 열다섯 살 때 그는 미남에다 재주도 많아 가까이하기 어려운 같은 반 친구를 사랑하게 되었다. 맨프레드였다. 그의 삶은 거기서 딱 멈추었다.

루이는 마음을 굳게 먹고 집으로 돌아왔다. 하지만 보충할 분량은 산더미 같은데, 책상에 앉아 수학책에 이어 영어책을 앞에 놓고 한 시간이 지나자, 벌써 엉덩이가 들썩대기 시작했다. 영어의 불규칙 동사를 반복해서 읽으면서 마이테 미용실 사람들이 선물한 커트 가위를 가지고 놀기 시작했다. 처음에는 가위 끝으로 손등을 눌러 보다가, 가위 양날을 부딪쳐 싹둑싹둑 소리를 내 보고, 나중에는 자기도 모르는 사이에 종이 묶음을 잘랐다.

"To cut, I cut, cut."

"오빠 뭐 해?"

동생이 문틈으로 고개를 들이밀었다.

"네 앞머리가 너무 길다고 생각하지 않니?"

루이가 물었다.

루이는 피피가 자랑스럽게 여기는 가위 놀림을 흉내 내면서 동생의 머리를 잘랐다. 플로리안은 옷장 거울에 자신의 모습을 비추어 보고는 감탄사를 연발했다.

"우아, 너무 멋져."

"엄마 아빠한테는 말하지 마."

머리 모양을 살짝 바꾸어서 아무도 눈치채지 못할 것 같았다.

"레퐁스 인형 머리를 층을 낸 단발로 잘라 줄까?"

플로리안은 그렇게 하면 후회할 것 같은 기분이 들었다. 하지만 루이는 자르고 싶어 안달을 하며 싹둑싹둑 가위 소리를 내고 있었다. 플로리안은 하는 수 없이 바비 인형을 제물로 바쳤다.

"밥 먹자!"

페리에 부인이 불렀다.

부인은 앞머리 끝을 가늘게 친 딸 아이를 보고는 아들을 딱하다는 시선으로 바라보았다. 아무래도 가위를 뺏어야 할 모양이었다. 루이는 자나 깨나 가위 생각뿐이었다.

"오늘 장송 씨하고 점심을 함께 했어."

페리에 씨가 입을 열었다.

"그 사람은 내년에 아들을 생파테른 학교에 보낼 거래."

그 학교는 명문 사립 고등학교였다.

"루이도 거기 보내라고 권하던데. 그 학교는 대학 입학 자격 고사 실적이 아주 좋고 그랑제꼴* 준비반도 있대."

"미용사 준비반요?"

플로리안이 물었다.

"바보 같은 소리 좀 그만해."

---

* 프랑스의 명문 고등교육기관.

엄마는 딸에게 눈을 부릅뜨며 말했다.

"준비반은 폴리테크닉*에 가기 위한 거야."

"그뿐만이 아니지."

이번에는 남편이 나섰다.

"설사 그랑제꼴 입학 시험에 떨어지더라도 일 년 혹은 이 년 동안 준비반 과정을 하면서 지적으로 열띤 분위기를 경험할 수 있어. 그렇게 되면 열심히 공부하는 습관을 익히게 되고, 그럼……."

루이는 아버지 앞에서 몸을 움츠렸다. 아버지는 문득 의심이 들었다.

"이번 학기 성적은 어떠니?"

"별로예요."

"뭐야, '별로예요'라니! 성적표가 있기나 한 거야?"

루이는 잠자코 있었다.

"학교 숙제는 했는지 가져와 봐!"

아버지가 버럭 소리를 질렀다.

"당신 왜 그래?"

아내가 악을 썼다.

"생전 신경 쓰지 않더니만……."

---

* 이공계 그랑제

"그래, 내 잘못이야. 꼭 그 말이 듣고 싶다면 말이야."

루이는 꼼짝 않고 가만히 있었다. 그는 대들 줄을 몰랐다. 하지만 버틸 수는 있었다. 페리에 씨는 진정하려고 애를 썼다.

"내 기억이 맞다면, 작년에 넌 성적이 중간이었어. 올해는 삼학년이니까 중요한 학년이야. 이제 진로를 정해야 하는데, 장래성이 없는 분야도 많으니까."

플로리안이 물었다.

"미용사가 되는 분야도 있어요?"

"넌 대체 언제까지 그 빌어먹을 미용 얘기만 할 거야?"

페리에 씨가 언성을 높였다.

한 번도 상스러운 말을 쓴 적이 없는 페리에 씨였다. 더 이상 자신을 억제하지 못하고 있다는 표시였다. 플로리안은 눈물을 글썽이더니, 냅킨을 수프 접시 한가운데 내려놓고 식탁을 떠났다. 그럴 만도 했다. 놀란 페리에 씨는 멍하니 딸을 바라보았다.

"아니, 저 애가 무슨 짓이지? 플로리안, 너 이리 오지 못해! 네 얘기를 한 것도 아닌데……."

페리에 씨는 어린 딸과 충돌했다는 사실이 참기 어려웠다. 하지만 루이에게는 자리를 뜰 수 있는 절호의 기회였다. 이번에는 루이가 냅킨을 내려놓고 식탁에서 일어섰다.

"루이, 다시 앉아! 루이! 내 참, 기가 막혀!"

페리에 씨는 부인 쪽을 돌아보았다.

"루이한테 문제가 있으면, 나한테 말을 했어야지."

페리에 부인은 한숨이 새어 나오려는 것을 억지로 참았다. 이미 모든 걸 정해 놓은 사람과 무슨 말을 한단 말인가?

"국어야, 아니면 수학이야?"

"둘 다야."

페리에 부인이 대답했다.

"장송 씨가 그러는데, 작년에 루도빅이 스페인어를 못했었대. 그래서 사교육 기관을 알아봤는데, 아주 좋더래. 좀 비싸기는 하지만 돈이야 쓸 수 있잖아. 루이가 수요일에는 테니스 대신 국어 과외를 받고, 토요일 오후에는 수학 과외를 받으면 돼."

페리에 부인은 반박하려다가, 그 순간 **마이테 미용실** 얘기를 꺼낼 수 없다는 걸 깨달았다. 도대체 어디가 잘못된 걸까?

"당신은 신경 쓰지 마, 내가 다 알아서 할게."

남편이 아내에게 말했다.

화요일 아침, 피피는 흰 셔츠 차림에 파운데이션을 바르고 출근 준비를 했다. 막 문을 나서려는데, 전날부터 자동 응답기를 확인하지 않은 사실이 생각났다. 빨간 불이 메시지가 온 것을 알리고 있었다. 버튼을 누르자 토막토막 끊기면서 간신히 이어지는 목소리가 들렸다.

"루아젤 씨 맞나요? 맨프레드 엄마입니다. 당신이 우리 애를 무척 사랑했다고 들었습니다. 그 애가…… 오늘 아침에 죽었어요. 그 애는…… 치료를 끊었거든요. 당…… 당신에게 알려 주려고요."

피피는 꼼짝도 할 수 없었다. 언젠가는 일어날 일이었다. 그런데 왜 하필 그날이었을까?

"장례식은 이번 금요일 오전 열 시에 생파테른 교회에서 합니다."

필립은 생각했다.

"일단 앉아서 울어도 돼. 맨프레드를 떠올리고 우리들의 마지막 패션쇼를 추억하면 돼. 미용실에는 전화해서 아프다고 말하면 되고."

필립은 자신이 울고 있는 것을 깨달았다. 욕실로 가서 수도꼭지를 틀고 얼굴을 씻었다. 세면대가 황토빛으로 물들었다. 파운데이션이 눈물과 함께 씻겨 나간 것이다.

필립은 마치 몽유병 환자처럼, 옷장을 열고 흰 셔츠를 벗으며 훤히 비치는 창문 쪽을 신경질적으로 힐끗 쳐다보았다. 앞으로는 커튼을 달아야지 생각했다. 그러고는 접어 놓은 검은 셔츠를 펼쳤다.

필립은 출근을 할 것이다. 슬프지만 홀가분해진 기분으로. 그는 열네 살로 돌아간 기분이었고 멈추었던 삶이 다시 시작되었다.

16
미용 실습

필립은 선생님 역할에 정성을 쏟았다. 루이가 공식적으로 실습을 받는 첫 수요일부터 틈만 나면 루이를 곁에 불렀다.

"루이, 이리 와 봐!"

루이는 등받이가 없는 바퀴 달린 의자에 앉아 필립이 하는 것을 지켜보면서 두 손으로 허공에 대고 따라 하였다.

"자, 빗 위에 가위를 얹고 거슬러 올라가면서 목덜미를 짧게 자르는 건데……"

아니면 이런 식이었다.

"이번에는 끝부분을 세우면서 둥근 브러시로 드라이하는 걸 보여 줄게."

그럴 때마다 루이는 손이 근질근질했고 의자 위에서 엉덩이를 들썩들썩했다. 필립은 그 모습을 보고 깔깔대고 웃었다.

"자, 해 봐. 손님, 괜찮으시죠? 소질이 뛰어난 학생이거든요."

루이가 할 때마다, 필립은 놀라움을 금치 못했다.

"이런 경우는 처음 봐요. 원장님, 맹세코 처음이라니까요."

원장도 시인했다. 많은 젊은이들이 거쳐 갔지만 이런 젊은이는 한 번도 본 적이 없었다. 클라라의 전문 분야는 염색이었다. 루이는 가끔 클라라를 따라 이층으로 갔다.

"겉머리에만 반짝이는 '햇빛 효과'를 내는 부분 탈색을 해 볼게."

아니면 이런 것도 가르쳤다.

"진한 색 머리에 선명한 빨간색 브릿지를 해 볼게."

클라라는 이따금 붓과 머리를 마는 굵은 롤을 루이에게 건네주고 옆에서 차를 마시며 루이가 하는 것을 지켜보곤 했다.

"넌 이제 직업 자격증 시험 준비로는 할 게 하나도 없겠다. 미용 고등학교에 가면 좋라 지겹겠다."

"말 좀 곱게 해, 갸랑스!"

클라라가 한마디 했다.

"아이고, 또 시작……. 난 노느니 궂은일이나 해야지."

사실 궂은일은 갸랑스가 다 했다.

"너를 싸고도는 그 늙다리들 말이야, 진짜 밥맛이다!"

갸랑스가 루이를 빵집으로 데려가며 볼멘소리를 해 댔다.

"피피는 네가 대단하다는 말뿐이잖아! 또 한 명, 그 뚱땡이 여자는 마치 제 것이라도 되는 양 널 아주 끼고 살아요!"

갸랑스는 사랑에 빠져 있었다. 상대가 처음으로 불량배도 얼간이도 아니었다. 그녀는 루이 페리에, 반듯하게 자란 아이, 길고 부드러운 눈매에 말이 없어 신비로운 느낌을 주는 그 아이를 사랑했다. 하지만 갸랑스는 한 가지 정말 궁금한 게 있었다. 루이가 과연 여자를 좋아할까? 미용사가 되려는 남자는 대개 여자 미용사에게는 관심이 없다는데.

"너 클라라를 사랑하지, 그렇지?"

"아냐."

루이는 좀 자세하게 설명할 수도 있었다. 루이는 클라라를 보호해 주고 싶었다. 하지만 그런 마음을 설명하는 건 좀 어려웠다.

"어쨌거나, 넌 열네 살이니까, 그쪽으론 희망이 없어. 무슨 빵 먹을래?"

두 사람은 빵집 앞에서 줄을 서서 기다리는 중이었다.

"초콜릿 빵."

좀 지루한 듯하자, 갸랑스는 루이의 잠바 안에 손을 밀어 넣었다. 한 벌밖에 없는 흰 셔츠를 빨았기 때문에 루이는 바지 위에 간

단한 티셔츠를 입고 있었다. 갸랑스의 능숙한 눈이 그걸 놓칠 리 없었다. 루이는 거칠게 상체를 뒤로 젖혔다. 방금 얼음장같이 찬 손이 허리를 따라 미끄러져 들어오는 것을 느꼈기 때문이다. 루이는 깊이 숨을 몰아쉬었다.

"어어…… 너, 왜 이래?"

루이는 말을 더듬었다.

갸랑스는 루이의 귀에다 입을 대고 야한 말을 속삭였다. 갸랑스는 루이를 웃길 작정이었다. 그러나 루이는 고개를 돌려 버렸다. 갸랑스는 손을 빼내면서 점점 더 루이가 과연 사내 맞나 하는 의심이 들었다.

루이는 **마이테 미용실**의 문을 들어설 때, 차임벨 소리에 이어 스프레이, 염색약, 샴푸 등에서 나는 약간 유독한 냄새가 확 끼쳐 오면 독특한 쾌감을 느꼈다. 거리의 신선한 공기에서 미용실의 축축하고 자극적인 공기로 들어서는 게 좋았다. **마이테 미용실**은 그의 섬이었다.

"여기하고 저기에 녹색 식물을 놓아야겠어요."

루이는 마이테 원장에게 손가락으로 두 군데 빈 곳을 가리키며 말했다.

"그래?"

"예, 그리고 진열창 조명도 좀 더 밝게 하는 게 좋겠어요. 태양처럼요."

원장은 이제 그에게 고압적이지 않았다. 아버지처럼 자애로운 말투로 말했다. 원장이 루이를 신뢰하게 된 데는 이유가 있었다. 고독한 원장의 삶에 루이가 온통 자리를 차지하게 된 것이다.

"필립! 필립! 루이가 한 말 들었어? 여기하고 저기에 큰 화분을 놓자는데……."

"좋죠."

갸랑스는 분통이 터져 빗자루로 머리카락 더미를 들어 올렸다. 저 사람들은 언제까지 사내 구실도 못하는 자식하고 유치하게 놀 건가?

루이는 이층으로 올라가 클라라의 미용 기구를 서랍에서 하나씩 꺼내서 살펴보았다. 톱니 가위, 주머니칼처럼 접는 면도용 칼, 헝클어진 머리를 푸는 데 쓰는 빗, 커트용 빗, 아프리카식으로 머리를 땋는 데 쓰는 빗…….

"저도 이런 거 전부 살 거예요."

"돈 있어?"

"아뇨."

루이는 목소리를 낮추었다.

"언젠가 부자가 되면 이 미용실과 함께 옆에 붙은 집도 사서 확

장할 거에요."

클라라는 심문하는 듯한 눈길을 던졌다.

"그럼, 난 쫓아낼 거야?"

클라라는 바로 며칠 전 마이테 원장네 살림집 이층으로 이사를 온 참이었다.

"다른 미용실을 사 드릴게요."

루이는 헤벌쭉 웃으며 대답했다.

그러고는 잽싸게 계단을 내려가다 갸랑스와 부딪쳤다.

"야, 인마."

갸랑스는 루이를 밀치며 말했다.

마이테 원장 곁으로 피신한 루이는 계산대에 기대어 아들같이 살갑게 물었다.

"부가가치세가 뭐예요?"

회계학 강의가 끝나자 루이는 탈의실로 점퍼를 가지러 갔다. 먼저 와 있던 갸랑스가 옷걸이와 가운이 쌓여 있는 곳에 서서 그를 벽으로 밀어붙였다. 갸랑스는 루이의 티셔츠 앞자락을 들어 올린 다음, 알몸이 된 자신의 배를 루이에게 갖다 댔다. 그리고 루이의 바지 벨트 밑에 손을 밀어 넣고, 엉덩이 윗부분, 그리고 그 아래까지 더듬어 내려갔다. 갸랑스는 루이의 입술을 찾았지만 루이는 말없이 고개를 옆으로 돌리며 피했다. 갸랑스는 화가 나서 그를 놓아 주며 투덜댔다.

"넌 남자가 아니야."

갸랑스는 잠바를 걸쳤다.

"갈게요, 원장님!"

갸랑스는 뒤도 돌아보지 않았다.

갸랑스는 무작정 발걸음을 옮기다 주머니를 뒤져 담뱃갑을 찾았다. 그런데 뒤에서 루이가 다가오는 소리가 들렸다.

"갸랑스!"

그는 뛰어서 갸랑스 있는 데까지 오자 말없이 걸었다.

"거시기처럼 혀도 잘렸니?"

갸랑스가 물었다.

루이는 바보처럼 히죽히죽 웃었다. 갸랑스는 아무리 해도 그를 화나게 할 수가 없었다. 천천히 루이는 여자애의 손에 자기 손을 밀어 넣었다. 갸랑스는 '저 애는 도대체 알 수가 없어'라고 생각하며 거칠게 손을 오므렸다. 루이는 놀라서 몸을 떨더니 손을 뺄 듯했다. 그러자 갸랑스는 오므렸던 손을 풀었고 두 사람은 손을 꼭 잡았다. 그러고는 그들은 부르고뉴 거리까지 걸었다. 자기 아파트가 있는 건물 아래서 루이는 수줍은 듯 눈을 딴 데로 돌리고 갸랑스의 입술에 살짝 키스했다.

"넌 정말 별종이야, 루이."

"아냐."

루이는 난감해하는 갸랑스를 남기고 현관문을 쾅 하고 닫았다.

"저 자식이 사람 죽이네!"

그날 저녁, 루이는 식사 시간 동안 넋이 나가 마치 딴사람 같았다.

"꼭두각시하고 밥을 먹는 기분도 괜찮군."

페리에 씨가 한마디 했다.

루이의 머릿속에서는 작은 나사 하나가 집요하게 돌아가고 있었다. 그는 미용 기구가, 클라라의 것과 똑같은 걸로, 그것도 지금 당장 필요하다는 생각뿐이었다. 동생 저금통에서 훔친 돈으로는 부족했다. 다른 희생자를 찾아야 했다. 후식을 먹는데 좋은 생각이 떠올랐다. 그래, 할머니다!

"아니, 이게 누구야?"

이튿날, 루이가 들어서는 것을 보고 노부인이 외쳤다.

"우리 손자, 무슨 일 있는 거 아냐?"

"늘 그런 건 아니죠."

루이는 말로는 짐짓 여유를 부렸지만, 달궈진 석탄 위에 앉은 것처럼 안절부절못했다.

"또 무슨 일이지?"

"돈이 필요해요."

"뭐 하게?"

"가위 사게요."

"아니, 있잖아."

"다른 거요. 그리고 빗도 사야 하고 면도 기구도 사야 해요."

할머니는 이해심이 많은 분이지만, 그래도 어른이었다.

"그게 다 필요하지는 않아."

"필요해요."

"그렇지 않아. 미용실을 차릴 것도 아니고."

"하지만 내 개인 것이 필요하단 말예요."

"그렇지 않아."

"그래요."

"이런 고집불통! 그 전에 선물 받은 가위나 제대로 쓸 줄 알아야지."

"쓸 줄 알아요."

"행여나!"

루이는 점퍼 주머니에서 가위를 꺼냈다.

"할머니 머리 좀 다듬어 드릴까요?"

"일없다!"

"우선 할머니 앞머리가 늙어 보여요."

"무슨 소리야, 주름살을 가려 주는데."

"늙어 보여요."

"아니야."

"그래요."

할머니는 놀라서 손자를 쳐다보았다. 루이가 그렇게 고집 피우는 것을 본 적이 없었다.

"그럼, 네 기술을 보여 줘 봐!"

할머니는 수건을 찾아 왔고, 머리를 적신 다음, 부엌 의자에 앉았다.

"내 머리 망쳤다간 볼기짝 맞을 줄 알아!"

루이는 할머니의 협박에 웃는 둥 마는 둥했다. 벌써 이리저리 자르는 포즈를 취해 보고 있었다. 말없이 입술 안쪽을 깨물더니 온 힘을 다해 잘랐고, 뒤로 물러서서 어떤가 보면서, 할머니가 20여 년을 해 온 머리 모양을 과감히 바꾸어 놓았다. 머리를 말리고 나서는 조금 걱정스러운 듯 얼굴을 찡그렸다. 할머니는 장난삼아 눈을 부릅뜨더니 거실의 거울로 향했다.

"아니, 어떻게 된 거지?"

손을 머리로 가져가며 할머니가 소리를 질렀다.

"글쎄…… 뭐랄까……."

할머니는 자신의 머리를 유심히 살펴보았다.
"좀 젊어 보이긴 한다."

루이는 자신의 미용 기구를 샀다. 낡은 가발을 씌워 놓고 연습할 수 있도록 피피가 하얀 플라스틱 머리를 빌려 줬다. 루이의 방은 미용실로 변했고 동생은 좋아서 난리였다. 방문을 열자 페리에 부인의 눈에 난장판이 들어왔다.
"루이, 너 돌았어! 이거 다 치우지 못해!"
"아이 참, 엄만. 좋기만 하잖아."
플로리안이 말대꾸를 했다.
플로리안은 손에 빗자루를 들고 있었다.
"루이는 원장님이고 나는 보조 미용사야."

17
해명

페리에 씨는 아니나 다를까, 능력을 십분 발휘했다. 우선 국어 선생님을 찾아서 매주 수요일 오후 2시부터 4시까지, 그리고 수학을 전공하는 여학생을 찾아서 매주 토요일 오후 3시부터 5시까지 루이의 공부를 맡겼다. 일을 처리하고 나자, 정작 당사자에게는 깜빡 잊고 알리지 않은 사실을 깨달았다. 인간 심리에 밝은 페리에 씨는 루이가 테니스 레슨 취소로 반발할지 모른다고 생각했다. 하지만 아들과 한번 부딪쳐 보는 것도 나쁘지 않을 것 같았다. 토요일 오전 내내 수술에 매달렸던 페리에 씨는 오후가 돼서야 루이가 있을 거라고 생각하며 서둘러 집에 돌아왔다.

"어머, 없는데. 루이는…… 영화관에 갔어."

페리에 부인은 거짓말을 했다.

"당신 생각에 영화보다 좀 더 건설적인 일은 없는 것 같아?"

과외 이야기를 미루어야 한다는 게 난감했지만, 그래도 페리에 씨는 과외 알선 기관에 등록한 서류를 두려고 루이의 방으로 들어갔다. 그때까지 한 번도 들어간 적이 없었다. 방이 깔끔하게 정돈되어 있는 걸 보고 놀랐다. 그런데 침대 위에 놓인 윤기 나는 표지의 잡지 두 권이 눈에 들어왔다. 한 권의 표지에는 벌거벗은 젊은 여자 사진이 실려 있었다. 짜증이 난 페리에 씨는 음란물을 읽나 하는 의심이 들었다. 침대로 다가가 그 잡지를 집어 들었다.

헤어스타일 특집! 올해의 유행 총결산

"이게 뭐지?"

페리에 씨는 혼잣말처럼 중얼거렸다.

몸을 굽히고 다른 잡지를 집었다.

세계의 헤어스타일: 유명 헤어 디자이너 인터뷰

미용 전문가용으로 보이는 그 잡지를 뒤적여 보았다. 페리에 씨는 웃긴다는 듯 피식 웃으며 잡지들을 침대 위에 던져 놓고 주변을 둘러보았다.

그런데 그때 그가 무시했던 것들이 조금씩 의미를 띠기 시작했다. 루이의 책상 위에는 공작용이 아닌 가위 두 개가 놓여 있었다. 침대 머리맡 탁자 위에는 헤어젤 튜브가 자명종 옆에 뒹굴고 있었다. 페리에 씨는 까닭 모를 두려움을 느끼며 책상 서랍을 열어 보기 시작했다. 이상한 빗들, 면도칼, 염색약 샘플, 머리핀, 컬 클립 등이 보였다! 두려움이 분노로 바뀌면서 페리에 씨는 옷장을 열어 보고는 기겁을 해서 비명을 지르고 말았다. 스웨터 더미 위에 가발을 쓴 머리 모형이 놓여 있었다. 그리고 티셔츠 위에는 가발들이 쌓여 있었다. 찰칵 방문 열리는 소리가 나자 페리에 씨는 돌아보았다.

"오빠 물건 보는 거예요?"

나지막한 목소리가 들렸다.

페리에 씨는 불안한 눈길로 딸을 쳐다보았다.

"넌 알고 있지? 이게 다 뭐 하는 거지?"

"오빠가 미용사가 되는 데 필요한 거요."

"뭐? 오빠가……."

그의 목소리가 잦아들었다. 음모였다. 식구들이 모두 자신의 등 뒤에서 음모를 꾸미고 있었던 거다. 아내는 자신을 따돌렸고, 아들은 자신에게 거짓말을 했다.

"왜 그러세요?"

플로리안은 걱정이 되었다.

"아무것도 아냐, 아무것도……."

페리에 씨는 딸에게 웃어 보이고는 옷장 문을 도로 닫았다.

"나도 미용사가 되고 싶어요."

"그럼, 아무렴 그래야지."

아버지는 아이를 데리고 나가며 말했다.

"우리 집에서는 모두들 미용사가 되고 싶어 하거든, 아빠하고 엄마도 말이야!"

"아, 그래요?"

플로리안은 깜짝 놀랐다.

"네 방으로 가!"

아버지는 분노로 이글거리는 얼굴을 딸에게 들이대며 소리를 질렀다.

페리에 씨는 서둘러 자기 방으로 가서 치밀어 오르는 분노로 몸이 마비된 듯 잠시 가만히 서 있었다. 이 엄청난 분노, 모두 부숴 버리고 싶은 충동! 그는 자수성가한 사람으로, 바닥에서 출발해서 지금의 상태를 일궈 냈고, 고아로 자라 많은 것을 희생한 덕분에 성공할 수 있었고, 늘 가족을 위해 최상의 것을 주고자 했다. 그런데 가족은 그를 배신하고 그를 따돌리고 있는 것이다. 누구의 잘못인가? 페리에 씨는 이름 하나가 떠올랐다. 피피. 그 여자애가 아들을 타락시킨 거다.

"그래, 마이테 미용실이야."

페리에 씨가 중얼댔다.

루이가 실습을 했던 미용실 이름을 기억해 낸 것이다. 페리에 씨는 바로 옷장을 열고 양복 저고리의 주머니를 뒤져 전단지를 찾아냈다.

〈이 쿠폰을 제시하시면 10% 할인해 드립니다.〉

"세르슈가……."

그는 거기에 가서, 피피라는 여자애에게 자기 아들을 그만 놔두라고 말할 것이다.

"어머, 방에 있었어? 찾았는데……."

아내였다. 그는 전단지를 동그랗게 말아 바지 주머니 안쪽에 밀어 넣었다.

"뭐 안 좋은 일 있어?"

페리에 부인은 자기 앞에 있는 남자의 눈에서 이상한 낌새를 읽었다.

"핸드폰으로 연락이 와서……."

페리에 부인은 안됐다는 듯 한숨을 내쉬었다.

"토요일에도 절대 놓아주지 않는군."

페리에 씨는 체념한 듯 고개를 가로저었다. 아내와 부딪치고 싶지는 않았다. 아니, 루이와 직접 얘기를 나누고 싶었다. 도대체 그 애의 머리와 배 속에는 무엇이 들어 있는 걸까? 그는 할 수 있으면 아이의 몸에 구멍을 뚫고 가슴을 열어 배 속을 뒤져 보고 싶었다.

"나…… 가 볼게."

페리에 씨는 말을 더듬었다.

세르슈가.

마이테 미용실. 바로 그곳이었다. 화분 몇 개와 이층이 있는, 어디에나 있는 지극히 평범한 미용실. 페리에 씨가 문을 밀자 차임벨 소리가 울렸다. 계산대 뒤로 지나치게 화장을 한 뚱뚱한 부인이 보였다.

"안녕하세요, 예약하셨나요?"

"지금 바로 됩니까?"

그는 마뜩찮은 표정을 지으며 주변을 둘러보았다. 미용실 안쪽으로는 동성애자 미용사가 있고 나이 든 아낙네들 몇몇이 머리에 헤어 캡을 뒤집어쓰고 있었다.

"코트 받아 드릴까요?"

엉큼한 눈길의 여자애가 물었다.

"그렇게 해 주세요."

페리에 씨는 다정하게 대답했다.

쿵쾅쿵쾅, 갑자기 페리에 씨의 심장 박동이 빨라졌다.

"아가씨가…… 피피, 맞지요?"

여자애는 마치 상대가 시골 멍청이라도 되는 것처럼 페리에 씨를 뜯어보았다.

"아뇨."

여자애는 손끝으로 젊은 남자 미용사를 가리키며 말했다.

"저분입니다."

페리에 씨의 심장이 멎었다. 그런데 바로 그때, 노처녀 손님 라뽀뽀르가 차 한 잔 마실 수 있느냐고 물었다.

"그럼요. 루이! 루이!"

원장이 불렀다.

사내아이는 이층에 있었다. 계단 몇 개를 내려오더니 중간에서 발걸음을 딱 멈추었다.

"그래, 루이, 차 좀 내올래?"

마이테 원장이 재촉했다.

사내아이는 아버지의 눈을 똑바로 쳐다보며 남은 계단을 천천히 내려왔다.

"엄마가 여기 있다고 하던가요?"

"아니."

페리에 씨는 주머니에서 동그랗게 구겨진 종이 하나를 꺼내 아들의 얼굴에다 홱 던졌다.

"집으로 가."

모두들 꿀 먹은 벙어리처럼 잠자코 있었다. 이번에는 클라라가 이층에서 내려왔다. 페리에 씨는 경멸하듯이 여자를 하이힐부터 틀어 올린 채 헝클어진 머리까지 훑어본 다음, 마이테 원장 쪽으로 몸을 돌렸다.

"당신은 실습 계약서도 쓰지 않은 미성년자에게 일을 시켰어요. 만약 내 아들이 여기 다시 한번 발을 들여놓게 되면, 당신을 고소할 거요."

그가 나가자 모두들 흥분해서 한마디씩 했다. 저런 짐승 같은 사람이 있나! 저런 무뢰한이 있나! 뭐가 그리 대단하지? 마이테 원장만 아무 말 하지 않았다.

"루이?"

"예?"

"너희 아버님은 네가 여기 있는 거 모르셨어?"

"예."

루이도 그의 엄마도 페리에 씨에게 고백할 용기를 내지 못했기 때문에 마이테 미용실이 잘못을 뒤집어쓴 셈이 되었다. 루이는 탈의실로 향했다. 옆에 서 있던 갸랑스가 손을 어깨에 얹으며 루이를 멈춰 세웠다.

"가는 거야?"

"응."

"그럼……."

갸랑스의 목소리가 떨렸다.

"아주?"

루이는 그 말에는 대답하지 않고 점퍼를 입었다.

"잘 가, 루이."

필립이 루이에게 손을 내밀었다.

"루이!"

클라라가 외쳤다.

클라라는 따각따각 구두 굽 소리를 내며 루이에게로 뛰어가 양 볼에 열정적으로 입을 맞추었다. 앞으로는 누가 그녀를 보호해 줄까? 루이는 계산대로 다가갔다.

"다시 오겠습니다."

"바보 같은 짓 하지 마, 루이. 가장 중요한 건 네 인생이야."

"알겠습니다."

거리로 나오자, 루이는 아버지를 따라잡기 위해 뛰기 시작했다.

페리에 씨는 빠르게 걸었다. 도저히 생각이 정리가 되질 않았다. 그러니까, 영화에서나 일어나는 일이 자신에게 닥친 것이다. 아내는 그 사실을 알고 있었다. 공범이었다. 언제부터 그를 속인 걸까? 그리고 피피는 누구지? 그래도 루이가 설마 하니 그럴 리야……. 페리에 씨는 자신의 가정을 끝까지 밀고 갈 수가 없었다.

"아빠!"

페리에 씨가 휙 돌아보았다.

"아, 너구나."

잔다르크가에 어둠이 내렸다.

"그래, 고작 그런 식으로 시간을 보내니?"

귀가하던 사람들이 길을 막고 서 있는 아버지와 아들을 힐끔힐끔 쳐다보았다.

"그 형편없는 곳에서 종 노릇을 할 거야! 너 자신과 장래를 위한 공부는 팽개쳐 두고."

말을 할 수 있었다면 루이는 아버지에게 바로 자신의 장래를 위해 일하고 있는 중이라고 했을 것이다. 미용사가 되고 싶으니까. 루이는 두 손을 가슴에 올렸다. 어찌 할 바를 모르고 답답해했다.

"그 사람들이 너를 이용하는 거 모르겠니? 공짜로 너를 부리고 있는 거 모르겠어? 그건…… 그건 파렴치한 짓이야!"

말을 해, 루이. 너희 아버지에게 그 사람들은 너를 받아 주었고, 네 책임하에 일을 할 수 있게 해 주었고, 거짓말을 했는데도 너를 믿어 주었다고 말을 해.

"너 그 사람들이 어떤 인간들인지 모르겠어? 눈을 뜨고 똑바로 봐, 루이! 그 뚱뚱한 여자 포주……."

마이테 원장을 말했다.

"그 키 작은 동성애자……."

필립 루아젤을 말했다.

"말투가 상스러운 그 여자애……."

갸랑스를 말했다.

"그 창녀 같은 여자……."

클라라를 말했다.

"아니, 왜 그래? 말하고 싶은 거 있으면 말해 봐!"

루이는 두 손을 내밀려다 말았다. 그는 애원하고 있었다. 하지만 입 밖으로는 한 마디도 나오지 않았다.

"그…… 그 피피처럼 되고 싶다고 말하려는 건 아니겠지, 그렇지?"

그들은 서로 마주 보고 있었다. 루이는 아버지의 시선을 견뎌냈다. 어서, 말해. 지금이 아니면 결코 못할 거야.

"아빠는 정말 바보야."

"뭐라고? 너 뭐라고 했니? 너 방금 한 말 다시 해 볼래? 너 지금 누구 앞인지 알아?"

"바보."

일격이 가해졌다. 손바닥으로 찰싹 때린 것이 아니라, 살기등등한 주먹이 날아간 것이다. 아이는 고꾸라졌고 바로 행인들이 모여들었다. 페리에 씨는 무릎을 꿇었다.

"루이! 루이!"

루이는 의식을 잃었다. 입과 코에서 피가 흘렀다.

"저 사람이야, 저 사람이 때렸어."

누군가 페리에 씨를 가리키며 말했다.

페리에 씨는 여전히 무릎을 꿇고 있었다.

"루이, 내 아들! 내가 무슨 짓을 한 거지? 이러려고 한 건 아니었는데……."

그는 맥박을 짚어 보고는 팔을 도로 내려놓았다.

"구급차. 핸드폰. 내가 어디다 놓았지?"

주머니를 뒤졌다.

"됐어요, 구조대를 불렀어요."

어떤 사람이 말했다.

페리에 씨는 고개를 들고 자기 주위로 모여든 사람들을 보았다.

"내 아들입니다! 내 아들이에요!"

그는 사람들을 향해 외쳤다.

18
루이 없는 생활

루이는 앰뷸런스에 실려 그의 아버지가 근무하는 병원으로 옮겨졌다. 응급실에서 일차 진단이 나왔다. 넘어지면서 생긴 뇌 충격, 주먹질에 의한 코 골절과 치아 두 개 부러짐. 응급 의사의 소견으로는 '보기 드물게 센 타격'이었다. 루이는 응급조치를 받고 바로 의식을 되찾았다.

페리에 부인은 장송 씨로부터 연락을 받았다. 하지만 그 마취의사의 설명이 분명치 않아 잘 알아듣지 못했다. 우선은 아들이 불량배들하고 말다툼을 벌이는 데 남편이 끼어들게 되었나 보다 여겼다. 부인은 플로리안을 할머니에게 맡기고 서둘러 병원으로 갔다. 당직 의사 휴게실에서 남편을 만났다. 남편은 풀이 죽은 모습으로 소파에 앉아 있었다. 그는 아내를 보자, 벌떡 일어났다. 얼굴빛은 창백하고 10년은 늙어 보였다.

"나야. 내가 때렸어. 난 짐승이야."

그는 다짜고짜 그렇게 말했다.

그는 겁에 질려 있는 것 같았다. 그의 아내는 뒤로 물러섰다.

"당신이? 아니, 어떻게……."

그는 아내에게 미용실에서 루이와 마주치게 된 사실을 말했다. 그리고 루이가 길에서 자신에게 한 말을 들려주었다.

"루이가 나더러 바보라고 하더군. 순간 화가 치밀어 눈에 보이는 게 없었어. 변명이 아냐, 베로니크. 나도 알아. 아직 애니까, 내가 그렇게 하는 게 아니었어."

가엾은 엄마는 소리 없이 눈물을 흘렸다. 그녀가 그렇게도 감싸주려 했던 아이인데. 타인에게서, 루이 자신에게서, 그리고 남편에게서.

"당신은 아무것도 모르잖아!"

드디어 그녀가 소리를 질렀다.

"루이가 학교를 빼먹었더라고. 그러더니 학교에 가지 않겠다는 거야. 그 애를 학교에 잡아 두려고 그 방법을 찾았던 거야. 일종의 예비 실습 기간이지. 교장 선생님이 생각해 낸 거야. 미용실 원장도 동의했고. 원장은 아주 괜찮은 여자야……."

아내는 울음을 터뜨렸다.

"…… 루이하고 같은 나이의 아들을 잃은 여자라니까!"

"아니…… 내가 어떻게 이해를 할 수 있었겠어?"

페리에 씨는 몸부림을 쳤다.

"난 아무것도 몰랐어. 당신은 나한테 한 마디도 안 했잖아!"

"우리가 말하지 않은 건 당신이 무서웠기 때문이야."

페리에 부인은 당직실 문을 열고 나가면서 선고와도 같은 심한 말을 내뱉었다.

"난 당신이 능히…… 그런 짓을 할 수 있는 사람이라는 걸 알고 있었어."

페리에 씨는 두 손에 얼굴을 파묻었다. 괴물. 그는 아내와 자식들에게 공포의 대상이었던 것이다. 사회 전체가 그를 거부할 것이다. 벌써 사람들은 그의 응급실 출입을 금하고 있었다.

새벽녘 그는 넋이 나간 채 집으로 돌아왔다. 집 안은 텅 비어 있었다. 아내는 아마 병원에 남아 있을 거다. 아니면 그녀의 어머니 집에서 잘 것이다. 페리에 씨는 지옥의 고통을 당하는 영혼처럼 아이들 방에서 힘겨운 시간을 보냈다. 아무래도 부권을 박탈당할 것 같았다. 그가 자신의 아들을 반쯤 죽인 사실을 오를레앙 사람들 모두가 아는 것 같았다. 그는 아들의 책상 위에 머리를 대고 흐느껴 울었다. 그러다 바비 인형들이 흩어져 있는 플로리안의 침대에서 잠이 들었다.

그가 잠을 깼을 때, 날이 훤히 밝아 있었다. 그는 욕실로 가서 수도꼭지를 틀어 놓고 머리를 가져다 댄 다음, 거실 소파에 털썩 주저앉았다. 그렇게 힘이 넘치고, 항상 자신과 남들이 무엇을 필요로 하는지 꿰뚫고 있던 그가 이제 당장 어떻게 해야 할지 마음을 정할 수가 없었다. 병원으로 출근을 해야 할까, 집에서 아내를 기다려야 할까, 아니면 아내를 찾으러 나서야 할까?

그러다 현관문 열쇠가 돌아가는 소리를 듣고 소스라치게 놀랐다. 나지막이 소곤소곤 얘기하는 두 사람의 목소리가 들렸다. 아내와 딸이었다. 두 사람은 그가 집에 있을까 봐 소곤대는 걸까? 그는 움직이거나 소리 내어 부를 용기가 나지 않았다. 그들이 두려웠다. 특히 플로리안이 그랬다. 사랑하는 사람일수록 더 두려웠다. 문 앞에 불쑥 어린 여자애가 모습을 나타냈다.

"미안, 내가 미안하다."

아빠가 아이에게 말했다.

아이가 아빠 곁으로 다가왔다. 셔츠는 구겨지고 눈은 충혈되고, 이 사람은 아빠가 아닌 듯했다.

"내가 무섭지, 그래?"

아이가 아빠의 무릎에 앉았다.

"곰곰이 생각해 봤는데, 나는 미용사가 되지 않을래."

"네가 하고 싶은 거 해, 우리 귀염둥이."

페리에 씨는 풀이 죽은 목소리로 대답했다.

"난 그보다는 외과 의사가 될 거야. 여자도 될 수 있어?"

"그럼 될 수 있고말고."

"난 아빠처럼 외과 의사가 될 거야. 왜냐면 다친 사람들을 치료해 줄 수 있으니까."

"다친 사람들을 치료해 준다고."

페리에 씨는 그렇게 되뇌고는, 루이가 이따금 그랬듯, 딸아이를 꼭 끌어안았다.

월요일 오후가 되어서야 페리에 씨에게 아들 방에 들어가도 된다는 허락이 떨어졌다. 아이는 코에 깁스를 하고 있었다. 눈은 가까스로 뜰 수 있고 입술도 퉁퉁 부어 있었다. 아이는 고통스러워했다. 그런데 머리를 다쳤어도 머릿속에서 집요하게 돌아가는 그 작은 나사는 여전했다.

페리에 씨는 침대 끝에 걸터앉아, 아이를 애틋한 눈길로 쳐다보았다.

"네 대신 내가 누워 있으면 좋겠구나."

"그럴 수 없어요."

아이가 한 마디 한 마디 힘겹게 입을 떼었다.

페리에 씨는 쓴웃음을 지었다. 이제 아이들의 아버지 노릇도 끝이었다.

"아빠!"

아이가 속삭이듯 불렀다.

"응?"

페리에 씨는 좀 더 아들 쪽으로 몸을 숙였다.

"아빠가……."

루이는 입을 움직일 때마다 아팠다.

"내가?"

아버지는 아들의 말을 거들었다.

"……나한테…… 찾아 줄 수……."

루이는 너무 아파서 눈을 감았다.

"……좋은 학교 하나……."

루이가 한참 동안 입을 다물고 있자, 아버지가 머뭇머뭇 말을 이었다.

"미용 학교?"

루이가 떠났어도 **마이테 미용실**은 그대로 굴러갔다. 적어도 걸으로는 그렇게 보였다. 필립은 여전히 피피로서 상냥하고 결국 자신을 조롱하게 되는 그런 농담을 해 댔다. 하지만 어쩐지 활력이 없어 보였다.

"그 애 소식을 좀 물어보면 어떨까요?"

필립은 슬쩍 원장을 떠보았다.

"애한테 혼란을 줘서는 안 돼."

마이테 원장은 루이를 잊기로 했다. 그러나 그 아이는 그녀의 삶에 비치는 마지막 빛이나 마찬가지였다. 이제 남은 것이라고는 계산대의 금고 여닫는 소리와 월말이면 다가오는 근심거리뿐이었다. 손님들은 요즘 원장이 덜 상냥하다고 했다. 노처녀 손님 라뽀뽀르도 일주일에 한 번 이상은 오지 않았다.

"분위기가 예전과 다르네요."

그녀가 대령에게 솔직히 말했다.

갸랑스는 늘 지각하는 데다 금요일에는 툭하면 결근을 했다. 마이테 원장은 갸랑스에게 단단히 겁을 주기도 했지만 갸랑스는 아랑곳하지 않았다. 갸랑스는 미용실에 오래 붙어 있지도 못할 거고, 생활 태도로 볼 때, 결국 어디에도 진득하게 붙어 있지 못할 것이다.

"루이를 만나려고 해 봤어요. 그런데 루이는 이제 집에도 없어요."

어느 날 갸랑스가 클라라에게 말했다.

클라라는 어깨를 으쓱해 보였다.

"전 그 애가 어디 사는지도 알고, 수업 시간도 알아요. 그런데 이젠 학교에도 가지 않는 것 같아요."

"부모가 기숙 학교에 넣었나 보지."

클라라가 곰곰이 생각해 본 듯 말했다.

그녀 자신도 마이테 원장 집으로 이사 온 후 마치 기숙사에 들어온 것 같은 느낌이 들었다. 원장의 시간과 세세한 욕구에 맞추어야만 했다. 그리고 밤에 혼자 방에 있으면 외로움이 밀려왔다. 클라라는 어린 루이가 남자로 자랐을 때를 생각해 보곤 했다. 얼마나 멋진 남자일까! 아무 내색 하지 않고 상대를 보호해 주는 사람 말이다. 클라라는 그런 생각을 하면서 자신을 두 팔로 감싸안고 조용히 좌우로 흔들었다. 그녀는 두려웠다, 여전히 두려웠다. 세르슈가에서 팝을 다시 본 것 같았다. 그는 미용실에 붙은 다른 쪽 집으로 들어갔었다. 100% 확실한 것은 아니었다. 차라리 잘못 보았겠지 여기고 싶었다. 마이테 원장에게는 아무 말 하지 않았다. 요즘 들어 클라라는 원장과 별로 사이가 좋지 않았다.

루이가 떠나고 없는 미용실 생활은 그러했다. 마이테 미용실의 불행한 시절이 되돌아온 것이다. 손님을 쫓아내는 그런 시절 말이다.

19
방화

클라라가 잘못 본 게 아니었다. 팝은 정말 **마이테 미용실**의 왼쪽 집으로 들어간 적이 있었다. 그는 사람들이 드나드는 것을 열심히 지켜본 덕에 건물 출입문 코드를 알아냈다. B426. 어느 날 저녁, 그러니까 클라라가 보았던 그날 저녁, 그는 건물로 들어가 맨 꼭대기 층으로 올라갔고, 다락방까지 계단이 나 있는 것을 보았다. 그는 다락방 문을 자세히 살펴보았다. 노루발 장도리를 갖다 대면 바로 열릴 것이다. 세입자들이 낡은 물건을 넣어 둔 이 다락방은 금고와는 전혀 달랐다. 어쨌든 팝은 초보자가 아니기 때문에 일단 다락방 안으로 들어가기만 하면 지붕으로 올라갈 수 있고 조금만 재주를 부리면 **마이테 미용실** 지붕으로 건너갈 수 있다는 걸 알았다.

팝은 클라라에게 복수를 할 생각이었다. 그는 자존심이 상했다. 클라라에게 차였으니까. 그가 여자를 넘겨주겠다고 약속한 패거리 친구들은 그를 놀려 댔다. 팝은 마이테 미용실에도 복수를 할 생각이었다. 미용실 사람들이 합세해서 자기에게 어떻게 대들었는지 잊지 않았다. 게다가 클라라가 원장네 집으로 피신한 사실도 알고 있었다. 상대라고는 휠체어를 탄 불구자와 두려워서 벌벌 떠는 여자밖에 없는 터라 복수심이 더욱 타올랐다.

그날 밤, 마이테 원장은 가까이에 누군가가 와 있는 느낌이 들었다. 몹시 피곤하거나 삶이 힘들 때 그런 느낌이 들곤 했다. 무슨 힘으로 화요일부터 토요일까지 계산대 뒤에 앉아 버텼을까? 단지 습관의 힘이었을까? 원장은 정말 더 이상은 버틸 수 없다고 느낄 때, 지갑에서 에띠엔느의 사진을 꺼내 보곤 했다. 사진을 바라보며 행복했던 추억이 떠오르기를 바랐다. 하지만 들리는 건 늘 장례식의 조종처럼 울리는 목소리였다.

"부인, 유감입니다."

그녀의 귀에는 "유감입니다"라는 말만 들렸다. 대수롭지 않은 그 말. 그런데 사람들은 그 말로 에띠엔느의 죽음을 알렸다. 유감입니다. 말이 갑자기 의미를 잃었다. 어떤 말도 아무런 의미가 없었다.

그러던 중에 루이가 나타났다. 원장은 루이가 에띠엔느와 닮은

데가 있다는 사실을 금방 깨닫지는 못했다. '특별히 눈에 띄는 데가 없다'. 굳이 두 아이의 공통점을 들라면 그것이었다. 둘 다 조숙하고 다른 아이들보다 일찍 삶을 준비하는 타입이었다. 그날 밤, 루이 생각을 하던 마이테 원장은 곁에 에띠엔느가 와 있는 느낌을 받았다.

"원장님, 필요한 거 있으세요?"

"나 좀 침대에 옮겨 줄 테야, 클라라?"

매일 밤, 주고받는 똑같은 말. 사실 클라라는 돈 한 푼 받지 않고 테레사가 하던 일을 대신했다. 마이테 원장은 자신의 인색함을 의식했고, 그것이 불만스러워, 흔히 속마음과는 반대로 하듯이, 클라라를 야박하게 대했다.

"루이 생각을 했어."

원장은 침대로 옮겨지며 말했다.

"아, 그래요?"

"난 그 애가 여기서 미용 기술을 배워서 언젠가 우리 미용실을 인수하리라고 믿었지 뭐야!"

원장은 신경질적으로 웃었다.

"내 나이에, 그렇지? 난 삶에서 좋은 일이란 아무것도 없다는 걸 알아. 그래, 없어, 그런데도 난 아직 믿고 있으니!"

"그게 바로 낙관적이라는 거죠."

"그래. 아니면 바보거나. 잘 자, 클라라."

에띠엔느가 와 있었다. 마이테 원장은 그런 느낌이 들었다. 원장은 괜히 날을 세우고 순박한 클라라에게 따뜻한 말 한마디 건넬 줄 몰랐던 자신의 행동이 후회스러웠다. 내일은 클라라의 월급을 올려 주든가 해야지. 아니면 차라리 월세를 낮춰 줘야지. 맞아, 월세를 낮춰 주자.

팝은 그날 밤을 디데이로 잡아 복수를 하기로 했다. 그가 만약 체포되어 재판을 받는다면 사전 계획 죄로 틀림없이 10년은 더 추가가 될 것이다. 왜냐면 그는 배낭에 휘발유통을 넣어 가는 것까지 일체를 사전에 계획했으니까. 새벽 1시, 세르슈가에 마지막 불빛이 꺼지자, 팝은 건물의 출입문 코드를 눌렀다. B426. 그는 발끝으로 다락방까지 걸어 올라가 문을 딴 다음, 손전등을 들고 안으로 들어갔다. 짐작했듯이 위쪽으로 작은 여닫이창이 하나 나 있었다. 궤짝 두 개를 쌓은 다음 딛고 올라가 창을 열고 지붕 위로 올라갈 수 있었다. 그는 옆집 지붕까지 기어갔고 같은 모양의 여닫이창을 찾아냈다. 그는 조심하고 말 것도 없이 바로 유리를 깼다.

옆집에 사는 클라라가 종일 일하느라 지쳐서 나무토막처럼 잠들지만 않았다면 멀리서 유리창 깨지는 소리를 들었을지도 몰랐다. 마이테 원장은 잠을 이루지 못했지만 일층에 있어서 아무런

기척도 듣지 못했다. 원장은 더워서 이불을 밀어냈다가 다시 추워서 이불을 끌어다 덮었다. 방에 에띠엔느가 찾아와 있었다. 마이테 원장은 생각했다.

"죽은 아이가 남긴 이 허전함은 아무도 모르지. 사람들이 그걸 안다면, 아무것도 아닌 일로 자식의 인생을 망치지는 않을 텐데."

그리고 루이를 생각했다. 내일은 할머니에게 전화해서 아이 소식을 물어보리라. 내일은.

팝은 다락방에서 나왔다. 미용실 이층이었다. 그는 친구들에게 큰소리치기 위해서 클라라의 가위, 염색 샴푸 등 자질구레한 물건을 훔쳤다. 그리고 계단을 내려왔다.

마이테 원장은 갑자기 귀를 세웠다. 한밤중에 이상한 소리가 난 것이다. 이상하면서 친숙한 소리였다. 팝은 방금 금고를 강제로 열면서 찰칵, 드르륵 소리가 나는 것까지 막지는 못했다. 하지만 소리가 벽 너머까지 들리지는 않을 거라고 생각하고 안심했다. 벽이라면 소리는 전해지지 않을 거다. 그러나 문이라면? 팝은 벽걸이 천 뒤로 마이테 원장 집으로 통하는 문이 있다는 사실을 떠올렸다. 그러자 서둘러 배낭을 열고 휘발유통을 꺼냈다. 불을 지르기 전에 몇 가지 훔칠 물건을 찾았다. 금고에는 동전 몇 닢뿐이었다. 진열대 위에 있는 귀걸이, 장식용 머리핀, 모발용품 등을 모조리 쓸어 담았다. 그리고 문 앞에다 휘발유를 쏟았다. 헤어스프레이, 향수, 클라라가 쓰는 염색용품 들은 폭발하거나 불에 타면서 유독 가스를 뿜어 댈 것이다. 나무와 플라스틱으로 된 실내 장식들도 순식간에 타 버릴 것이다. 팝은 문 앞에 스프레이 통 여러 개를 쌓아 놓았다. 드디어 담배에 불을 붙이고 두 모금을 빤 다음 휘발유 위에 던졌다.

"클라라?"

마이테 원장이 불렀다. 클라라가 일어나는 것 같았다. 실내화 끄는 소리가 들렸다. 그때 갑자기 폭발음이 들렸다.

"무슨 소리지?"

길에서 나는 소리가 아니었다. 마이테 원장은 손을 가져다 벽에 댔다. 벽 저쪽에서 무슨 일이 일어나고 있었다.

"클라라! 클라라!"

커다란 바보 아가씨는 세상 모르고 잠든 게 틀림없었다. 마이테 원장은 자동차 사고가 나던 날처럼 자기가 어떻게 해 보는 수밖에 없었다. 남편은 그 자리에서 죽었다.

"에띠엔느!"

원장은 소리쳐 불러 보았다.

그러다 손을 이마에 대 보았다. 자기가 미쳤나? 아니면 꿈을 꾸고 있는 걸까. 벽 저편에서 진열대가 무너져 내렸다. 곧 닥쳐올 위험을 직감하고 마이테 원장은 자신이 불구자란 사실을 까맣게 잊었다. 이불을 걷어찬 다음, 침대 밖으로 나가려고 비틀거렸다. 그러다 쿵 하고 바닥에 떨어졌다. 그때 자신이 멍청한 짓을 한 걸 깨달았다. 침대에 있었으면 침대 옆 탁자 위, 손 닿는 곳에 전화기가 있었다. 오른쪽 팔꿈치를 딛고 일어서려는데 찌르는 듯한 고통이 온몸을 관통했다. 몸 어딘가가 부러진 것이다.

벽 저편에서는 불길이 활활 타오르고 스프레이 통들이 펑펑 소리를 내며 폭발했다. 마이테 원장은 깨달았다. 그녀의 마지막 노력과 희망, 모든 것이 연기로 날아가 버리고 말 것이다. 마이테 미용실은 잿더미가 될 것이다. 원장은 더 이상 살려고 안간힘을 쓸 이유가 없었다. 그녀는 사람들의 동정을 사기 싫어서 필사적으로 노력해 왔다. 운명에 맡기지 않으려고 안간힘을 써 왔다. 하지만 이제 손을 놓으면 그만이다. 아들을 만나러 갈 때가 되어 아마도 그날 밤 에띠엔느의 존재를 그처럼 강렬하게 느꼈었나 보다.

"클라라."

그때 원장은 그녀의 존재가 떠올랐다.

계산대를 지키는 어리석은 늙은이야 미련 없이 죽을 수 있다. 하지만 너무 순진한 것 외에는 다른 죄가 없는 저 예쁜 아가씨는 더 살 권리가 있지 않을까? 고통으로 신음하면서도 마이테 원장은 몸을 왼쪽으로 움직인 다음, 팔꿈치를 괴기에 이르렀다. 원장은 이빨로 전화기 줄을 물고 전화기를 끌어당겼다. 오른팔이 더 이상

말을 듣지 않자 혀 끝으로 전화기의 버튼을 눌렀다. 18*

---

* 프랑스의 화재 신고 전화 번호.

20
현실

넘어져서 다침. 서류상의 원인은 그랬다. 하지만 페리에 박사가 근무하는 병원에서 그걸 믿는 사람은 아무도 없었다. 사건 당시 흥분해서 경황이 없는 중에 그는 주위 사람들에게 자기 잘못이고, 자기가 아들을 때렸다고 외쳤다. 하지만 시간이 흐르고 흥분이 가라앉자 주먹질이 사고로 변했다.

루이의 입원 초기에 페리에 부인은 이혼 얘기를 꺼냈다. 그 후 시내에 방을 얻어 별거하자는 얘기가 나왔다. 그 후 별거는 아니지만 독립적으로 살기 위해 자동차가 필요하다는 얘기가 나왔다. 페리에 씨는 서둘러 자동차를 구입했다.

페리에 씨는 루이와도 의논했다. 사실 항상 말을 하는 쪽은 페리에 씨였고 루이는 '예' 또는 '아니요'라는 대답만 했다. 의논 결과, 루이는 일단 집에 돌아오면 그동안 뒤처진 공부를 따라잡기 위해 몇 번 수학과 국어 과외 수업을 받아 보기로 했다. 그동안 페리에 씨는 일류 미용 학교를 알아보기로 했다. 돈이 들더라도 하루라도 빨리 속죄하고 싶었다.

어느 날, 그는 동료 마취과 의사인 장송 씨와 함께 점심 식사를 했다.

"루이는 잘 지내나? 음…… 넘어져서 다친 상처는 다 아물었고?"

페리에 씨는 약간 당황했다.

"그럼, 으음…… 내일 퇴원해."

"근데 학교 문제가 좀 복잡해. 사실, 자네한테 미리 알려 주려고 했는데…… 생파테른에 보내려면 일찍부터 알아봐야 해. 자리가 잘 나지 않아서, 아는 사람의 도움이 필요하기도 하다네. 교장이 내가 아는 사람이라서 우리는 괜찮아. 혹시 루이도 말해 줄까?"

"우리 애는 생파테른 학교에 가지 않을 걸세. 유명한 미용 학교를 알아보려고 하네."

페리에 씨는 자신이 즐기는 사뭇 권위적인 어조로 대답했다.

장송 씨는 믿기지 않는다는 듯 약간 멍한 미소를 지으며 페리에 씨를 바라보았다.

"미용 학교?"

"미용 학교."

그날 저녁, 운전을 하던 페리에 씨는 자기가 장송 씨에게 루이에 관한 결정을 말해 주자 그 마취과 의사가 짓던 표정을 다시 떠올렸다. 그리고 혼자 키득키득 웃었다. 불쌍한 장송, 멍청하기는……. 이제 페리에 씨는 이 주일 전에 자기가 가졌던 것과 같은 편견을 가진 모든 사람들을 우습게 여겼다. 하지만 그의 변화는 최근의 일이므로 루이는 경계를 늦추지 않았다. 그래서 아버지에게 **마이테 미용실**에 관한 얘기는 꺼내지 않았다. 아버지는 그곳을 악몽처럼 기억하고 있다. 설사 루이가 미용을 배운다고 해도 틀림없이 그 미용실에서 그 사람들한테 배우는 건 아닐 거다. 페리에 씨는 소독이 된 강의실, 쟁반 위에 놓인 금속 기구들, 흰 가운을 입고 모발 외과학처럼 커트 기술을 가르치는 선생님이 있는 학교를 꿈꾸었다.

어느 날 아침, 장송 씨가 동료에게 와서 팔이 부러져 응급실로 온 여성 환자에 대해 말했다. 외상은 염려할 게 없는데, 수술 전에 하는 검사에서 보다 심각한 심장 질환인, 상향 대동맥류가 발견되었다는 것이다. 응급 수술이 필요하므로, 심장 수술 전문가인 페리에 박사를 찾은 것이다.

"환자가 몇 살이지?"

페리에 씨가 물었다.

"오십 대 말. 그런데 다른 문제가 있어. 전에 자동차 사고가 나서 하반신 마비 상태야."

"여러 가지가 겹쳤군."

페리에 박사는 증상이 복합적인 환자들의 수술 경험이 많은 터라 그 이상의 반응을 나타내지 않았다. 오후가 끝나 갈 무렵, 그 부인이 입원한 병동에 들렀다. 환자의 이름은 롱바르 부인이었다.

그는 마이테 원장의 병실로 들어가 인사를 건넸지만 원장을 알아보지 못했다. 그렇다고 원장의 얼굴이 상한 건 아니었다. 소방대원들은 불길이 그녀의 방에 이르기 직전에 그녀를 구해 냈다. 하지만 원장은 화장도 머리 손질도 하지 않았고, 초췌한 얼굴은 베갯잇처럼 하얬다.

"거기서 뭐 하시는 건가요?"

마이테 원장이 퉁명스럽게 물었다.

페리에 씨는 진료 기록을 들여다보다가 눈썹을 치켜올렸다.

"뭐라고 하셨지요? 전 페리에 의사입니다."

"절 알아보지 못하시겠어요?"

"글쎄요?"

"그렇겠지요, 당신은 틀림없이 나를 잊고 싶어 할 겁니다. 마이테 미용실이라고 하면, 기억나세요?"

페리에 씨는 깜짝 놀라서 나지막이 비명 소리를 냈다. 미용실의 원장이라고!

"유감입니다……. 으음, 지난번 일 말입니다. 그리고 다치신 것도 유감입니다."

마이테 원장은 처량하게 미소 지었다.

"마이테 미용실은 불타 버렸어요. 그것도 유감인가요?"

원장은 몇 마디로 화재 사고를 전했다. 미용실은 범죄성 방화로 소실되었고 원장 자신도 죽을 뻔했다는 것이다. 페리에 씨는 그 얘기를 들으며 점점 더 난감했다. 불운이 덮친 여자에게 대동맥이 파열될 위험이 있다는 사실을 어떻게 전한단 말인가? 페리에 씨는 유감이란 말만 되풀이하고 병실을 나왔다.

병실 복도로 나오자 그는 아무 말도 해 주지 않은 데 대한 가책을 느꼈다. 상태의 심각성을 미리 알리고 환자와 수술 날짜를 잡아야 했다. 하지만 생각하면 할수록 마음이 내키질 않았다. 아무래도 다른 외과의를 찾아봐야 할 것 같았다. 그래, 루이의 수술을 맡았던 의사, 쁘띠가 하면 되잖아?

그날 저녁, 페리에 씨는 아내와 딸이랑 식탁에 앉았다. 아직 반유동식 식사를 하는 루이는 방에서 먹고 싶어 했다. 엄마는 쟁반을 가지고 들어가서는 숟가락으로 떠먹여 주려고까지 했다. 루이는 매몰차게 엄마를 밀쳤다. 어쨌든 그건 좋은 현상이었다. 이제 루이는 엄마의 보호를 받고 싶지 않았다. 저녁마다 페리에 씨는 아들 방으로 와서 아들과 10여 분을 보냈다. 비록 아버지가 짜증나게 하는 일이 있어도 루이는 그 10분이 무척 기다려졌다.

페리에 씨는 루이에게 마이테 원장 얘기를 하지 않기로 결심했다. 하지만 말을 참기가 쉽지 않은 듯, 그는 안절부절못했다. 그는 원래 말하기를 좋아하는 사람이었다.

"너 오늘 내가 누구 봤는지 모르지? 롱바르 부인 봤다."

"그게 누군데요?"

"어, 너 몰라? '너희' 미용실 원장 말이야."

"마이테 원장님을요? 어디서 봤는데요?"

"으음…… 병원에서."

"병원에서요?"

"원장이…… 으음, 상박골이 부러졌거든."

"어쩌다가요?"

"떨어져서 그랬나 봐."

"아니, 원장님은 휠체어를 타는데요!"

"그래, 그런데 신고하려다 침대에서 떨어졌다지……."

"누구를 신고해요? 무슨 일로요?"

루이는 아버지를 몰아세웠다.

"화재 때문이래. 그러니까 미용실에 불이 나서……."

페리에 씨는 아들의 겁에 질린 시선을 피하기 위해서 눈을 돌렸다. 이제 모두 털어놓는 수밖에 없었다. 후작 부인, 모두 아주 잘 돼 가고 있습니다라는 노래처럼 마이테 원장의 이야기는 재난의 연속이었다.

"그래, 그렇게 된 거야."

페리에 씨는 침대 옆 탁자 위에 놓인 헤어젤을 응시하며 이야기를 마쳤다.

"아빠, 수술 언제 할 건데요?"

페리에 씨는 흠칫했다.

"아니, 수술은 쁘띠가 할 거야. 네 수술을 맡았던 의사 말이야. 그 의사 아주 유능하거든."

"아빠보다 잘해요?"

"뭐라고? 그야 모르지……."

"아빠."

루이는 부드럽지만 질책하는 듯한 목소리로 말했다.

"누가 더 잘해요?"

"허어, 글쎄…… 아무래도 내가 좀 낫겠지."

두 사람은 잠시 입을 다물고 있었다.

"근데 그건 책임이 워낙 무거워서 말이야, 루이. 만약 내가 실패라도 하면?"

그는 눈으로 아들에게 물었다.

"아빠가 실패하면 속이 상할 거예요. 하지만 아빠가 뒤로 물러서서 아무것도 하지 않으면 아빠가 미울 거예요."

"알았다."

아버지는 혼잣말처럼 중얼거렸다.

그러나 페리에 씨에게는 아직 어려운 숙제가 남아 있었다. 그는 직접 마이테 원장에게 알려 주고는 의례적인 말로 끝을 맺었다.

"유감입니다."

"전 아녜요. 더 이상 살고 싶은 생각이 없어요. 보험공단 돈이나 아끼게 여기서 멈추지요."

난처해진 페리에 씨는 이리저리 설득을 해 보았다.

"원장님을 아끼는 사람들을 위해 수술을 받으세요."

"날 아끼는 사람은 아무도 없어요."

"그럼, 미용실에 불을 질러도 원장님이 무너지지 않는다는 것을 보여 주기 위해서 수술을 받으세요."

"불을 지른 게 누군지 알아요. 그 사람이 원한을 가진 건 제가 아닙니다."

"그럼 루이를 위해서 수술 받으세요!"

"페리에 박사님, 노력이 눈물겹군요! 감사합니다. 하지만 싫습니다."

페리에 씨는 아들에게 이야기를 전했다. 토요일 오후가 끝나 갈 무렵이었다. 종일 파자마 차림이던 루이가 벌떡 일어나 윗도리를 벗고 옷장에서 스웨터를 꺼내 입었다.

"너 지금 뭐 하는 거니?"

"제가 가 볼게요."

삶이 쉽지 않다는 건 분명했다. 루이도 현실을 모르지 않았다. 하지만 인생에는 어려움만 있는 건 아니었다.

루이가 병실 안으로 들어왔을 때 마이테 원장은 반쯤 졸다 깬 상태였다.

"에띠엔느…… 너 다쳤니?"

하지만 바로 정신이 들었다.

"루이! 무슨 일 있었어?"

아이는 방금 링에서 내려온 권투 선수처럼 얼굴이 부어 있었다.

"아무것도 아니에요."

"말해도 돼, 루이."

등 뒤에서 페리에 박사의 목소리가 들렸다.

"내가 때렸다고 얘기해도 돼."

루이는 침대에 걸터앉아 마이테 원장 쪽으로 몸을 굽히더니 아버지가 듣지 못하게 아주 작은 소리로 말했다.

"제가 잘 버텼어요. 미용 학교에 다닐 거예요."

"너한텐 잘됐구나."

마이테 원장은 예상했던 것보다 훨씬 더 감격했다.

"그럼 보험금으로 **마이테 미용실**을 다시 짓는 거예요."

마이테 원장은 아이의 순진함 섞인 현실 감각에 가슴이 뭉클했다.

"난 아니야, 루이. 지쳤거든."

"아니긴요, 원장님이 하셔야지요. 인생이 꼭……."

루이는 말을 찾았다. 인생은 불행만은 아니다. 인생이란, 꿈이고, 욕망이고, 열정이고, 사명감이요…….

"인생은 소망하는 것이기도 해요. 제가 소망하는 것은…… 아빠!"

루이는 아버지에게 도움을 청했다. 페리에 씨가 급히 다가왔다.

"왜? 뭐가 잘 안 돼?"

"아빠가 원장님 수술을 맡을 거죠, 그렇죠?"

루이는 다시 마이테 원장 쪽으로 몸을 돌렸다.

"아주 뛰어난 의사예요. 실패할 리가 없어요. 그렇죠, 아빠, 수술 성공할 거죠?"

"그럼, 그럼."

루이의 아버지는 어쩔 수 없이 그렇게 대답했다.

그리고 한 손을 루이의 어깨 위에 얹고 자포자기한 원장에게 애원하는 듯한 눈길을 보냈다.

"힘을 내셔야 합니다. 루이를 위해서 힘을 내세요."

그리고 이야기 끝에 다음과 같이 덧붙여 말했다.

"저를 위해서도 힘내세요."

마이테 원장은 눈을 감았다. 아, 정말 피곤하군! 조용히 죽게 내버려 둘 수는 없는 걸까? 원장은 한숨을 내쉬며 눈을 떴다.

"루이에게 할 얘기가 좀 있습니다. 페리에 씨, 괜찮겠습니까?"

페리에 씨는 루이가 이길 거라고 생각하며 병실을 나왔다.

"루이, 내가 나으면 우리 미용실에서 실습 마저 할 거지?"

"그럼요, 원장님. 제가 손님들을 불러 모을 아이디어도 무지 많이 생각해 뒀는걸요!"

마이테 원장은 입을 삐죽했다.

"십 퍼센트 할인 쿠폰 같은 거?"

수술 날짜는 다음 주 금요일로 잡혔다. 페리에 박사는 동료 장송 씨와 함께 수술을 집도했다. 수술을 마치고 한 시간 후에 그는 회복실에 들러 환자를 본 다음, 아들이 기다리는 집으로 왔다.

"어떻게 됐어요?"

"회복될 것 같다."

그는 무척 걱정했었다. 하지만 마이테 원장은 쇼크를 견뎌 냈다.

"아빠는 최고야."

고약한 루이. 페리에 씨는 그보다 더 근사한 칭찬을 들어 본 적이 없는 느낌이었다. 그건 말수가 적은 사람의 힘이다.

그날 저녁, 난생 처음으로 페리에 씨는 약간 취할 만큼 위스키를 마셨다. 넥타이를 풀어 탁자 위에 놓고 별것 아닌 일에도 연신 껄껄 소리 내어 웃었다. 그러고는 아주 일찍 베로니크와 침실로 가서 쾌락에 몸을 맡겼다.

21
맺는 말

마이테 원장은 회복되었다. 원장은 저축해 둔 돈이 있어서 보험금을 수령하기 전에 미용실 공사를 시작할 수 있었다. 건물은 많이 부서졌지만 골조는 그대로 남아 있었다. 여덟 달 뒤에 재개업이 이루어졌다.

클라라는 오를레앙을 떠나 파리로 가서 일자리를 찾아보는 편을 택했다. 자신이 간접적으로 방화 사건에 책임이 있다는 것을 알기 때문이었다. 팝은 수소문을 해도 소식을 아는 사람이 없어서 형사들은 자취를 찾아내지 못했다. 아마 일이 터지고 나서 자기가 저지른 행동의 심각성을 깨닫고 종적을 감추었으리라.

갸랑스는 학년 말까지 기다릴 것도 없이 미용실을 그만두었다.

마이테 원장은 갸랑스가 오를레앙에서 멀리 떨어진 교외에 그 보드카꾼과 살림을 차렸다는 소식을 들었다.

필립은 어렵지 않게 레퓌블리크가의 데쌍쥬 미용실에 취직을 했지만, 손님들의 사기는 높여 주면서 정작 자신은 시무룩했다.

루이는 중학교 졸업 자격 고사에 보기 좋게 낙방하고 말았다. 루이 아버지는 약속을 잊고 루이를 낙제시켜 한 해 더 공부하도록 하기 위해 중학교 교장 선생님을 만나러 갔다.

"아이들이 모두 똑같은 게 아닙니다."

교장 선생님이 아버지에게 말했다.

"지능이란 다양해서 사회적인 지능도 있고, 기술 지능, 예술 지능도 있습니다. 부인은 제대로 보셨는데, 사실 학교는 이처럼 다른 지능을 갖춘 아이들을 어떻게 대해야 할지 모르고……."

페리에 씨는 여전히 결심을 굳히지 못했다.

"루이가 몇 년 후에 후회하지 않을까요? 아직 어린앤데요."

"아버님은 말씀은 그렇게 하셔도 꼭 그렇게 생각지는 않으실 겁니다. 루이는 또래 아이들보다 훨씬 더 철이 들었습니다. 루이는 하루라도 빨리 사회 생활을 시작하고 싶어 합니다."

교장의 말에 페리에 씨는 위안을 얻었다. 그는 루이를 뻬지에 미용 학교에 등록시켰다.

미용 학교 선생님들은 루이가 새로 배울 게 별로 없다는 것을 파악하고 자격증 과정을 이 년에 마치게끔 조정해 주었다. 루이는 이론 과목이 약간 딸렸지만 커트 실력은 선생님들을 가르칠 정도였다. 마이테 미용실이 개축되자, 수요일과 토요일에는 다시 실습을 시작했다.

어느 날, 루이는 데쌍쥬 미용실로 피피를 보러 가 마이테 미용실로 돌아올 생각이 없는지 넌지시 물어보았다. 젊은 미용사는 바로 거절했다. 그때보다 급료도 높고 이제 자신에게 마이테 미용실은 더 이상 존재하지 않는다는 거였다. 루이는 피피에게 장래에 관한 얘기를 했다. 루이는 약간 무모한 계획을 세워 놓았는데 그 점에선 피피와 뜻이 통했다. 결국 피피는 다시 돌아왔다. 원장은 피곤하던 터라 미용실의 관리를 피피에게 일임했지만, 회계만은 계속 맡았다.

루이는 미용 학교 졸업 시험조차 응시하지 않았다. 로레알 회사에서 개최하는 미용 실기 경연대회에서 젊은 나이와 뛰어난 재능으로 주목을 받았고 장 끌로드 비귄 미용실*에서의 실습을 끝으로 교육을 마쳤다. 페리에 씨는 루이가 그토록 젊은 나이에 공부에 대한 모든 생각을 접는 것을 보고 가슴이 아팠다. 루이는 여러 미용실에서 일했고 촬영 현장의 배우들, 유명 패션쇼 모델들의 머리

* 프랑스 전국에 체인점을 가진 유명 미용실.

를 맡아서 해 주었다. 하지만 그의 머릿속에서는 여전히 작은 나사 하나가 집요하게 돌아갔다.

루이와 아버지가 길거리에서 처음으로 대화를 나눈 뒤 10년이 지났을 때, 두 사람은 두 번째 대화에 들어갔다. 대화가 끝나자, 페리에 씨는 수표 한 장에 서명했다. 고액의 수표였다. 이어 루이는 필립 루아젤을 만나러 갔다. 마이테 원장이 의료 시설을 갖춘 양로원에 들어간 뒤로, 필립은 **마이테 미용실**을 혼자 경영하고 있었다. 필립은 상속을 받아 모아 둔 돈이 약간 있었다. 그는 루이와 동업으로 마이테 원장에게서 미용실을 인수했다. 마이테 원장은 아는 사이라고 가격을 크게 깎아 주지는 않았다. 두 사람은 미용실의 실내 장식을 현대식으로 개조했지만, 루이는 차임벨만은 그대로 두었다.

젊은이는 나름대로 미용실에 대한 새로운 개념을 품고 있었다. **마이테 미용실**이 문을 닫았던 어느 월요일, 출입문에 손을 대고 밀어 보던 아이의 모습을 잊지 않고 있었다. 그래서 **마이테 미용실**을 하루 24시간 문을 여는 최초의 미용실, 그 도시에서 일주일 내내 쉬지 않고 뛰는 심장으로 만들었다. 그 소식이 지역 신문에 실렸다. 경제부 신문 기자는 그 엉뚱한 시도가 일 년 이상 가지 못할 거라고 장담했다. 하지만 일 년이 지나서도 사람들은 **마이테 미용**

실을 이용하고 있었고 앞으로도 계속 그럴 생각이었다. 장난감과 그림책이 있는 어린이를 위한 공간과 함께, 이층에는 비디오 게임과 DVD 플레이어를 갖춘 청소년 코너가 있고 안락의자에 앉아 차나 커피를 마실 수 있는 작은 휴게실이 마련되어 있었다. 공연을 보고 나오는 길에 밤 문화를 즐기는 손님들이 들러 머리를 감고 생각을 정리하기도 했다. 새벽녘이면 잠을 못 잔 손님들이 들러 면도를 했다. 노처녀 라뽀뽀르는 매일 들러서 머리 손질을 받았고, 어둠이 내릴 무렵이면 그저 활기찬 분위기가 좋다고 들르곤 했다. 그러다 노처녀는 집까지 바래다주던 대령과 결혼을 하기에 이르렀다.

루이는 정기적으로 할머니를 찾아가 뵈었다. 가끔, 그는 주머니에서 가위를 꺼내 할머니의 머리를 다듬어 주곤 했다. 어느 날은 내성적인 사람이 그러하듯, 무슨 선언이라도 하는 것처럼 불쑥 얘기를 꺼냈다.

"돈이 좀 필요해요."

"뭐 하려고?"

"미용실을 확장하려고요."

할머니는 유산을 당겨 주기로 했다. 루이는 그 돈으로 마이테원장의 집을 살 수 있었다. 그 집을 개인별로 관리를 받을 수 있는 작은 방과 선탠실을 갖춘 피부 미용실로 바꿀 계획이었다. 그의 머릿속에서는 여전히 작은 나사 하나가 집요하게 돌아갔다.

4월의 어느 날 아침, 루이는 자동차를 몰고 오를레앙 교외, 수르쓰로 갔다. 그곳의 초라한 영세민용 임대아파트 아래 차를 세우고, 현관으로 들어가 입주자 명단을 조회했다. 갸랑스 씨프리엥은 8층에 살고 있었다. 마이테 원장의 정보는 늘 정확했다. 루이가 초인종을 누르자 문이 열리고 예쁘장한 새댁이 나타났는데, 표정은 아주 험악했다.

"뭐예요?"

루이는 미처 자신을 소개할 틈도 없었다.

"나한테 스물네 권짜리 백과사전을 팔아먹을 생각일랑 말아요, 난 읽을 줄 모르니까."

정말 갸랑스였다.

"루이 페리에입니다."

"뭐라구요?"

"꼬마 루이를 기억하지 못하시겠습니까?"

젊은이는 적이 실망해서 물었다.

"이런 젠장!"

갸랑스는 루이를 집 안으로 들어오게 한 다음 머리부터 발끝까지 훑어보았다.

“전에는 귀여웠는데, 이젠 정말 잘생긴 남자가 됐잖아.”

루이는 얼굴을 붉히더니 마치 아직 열네 살인 듯 시선을 돌렸다. 그때, 옆방에서 으아앙 아기 울음소리가 터져 나왔다. 갸랑스는 천장을 향해 눈을 들었다.

“애가 있어.”

“그래요? 그럼 남편께서는…….”

“그 존댓말 좀 집어치워!”

갸랑스가 볼멘소리를 했다.

“결혼은 안 했어.”

갸랑스는 루이에게 다가서더니 목에 두 팔을 둘렀다. 아기가 악을 쓰고 울어 댔다.

“아기한테 가 봐야 할 것 같은데.”

“짜증나게 하네.”

갸랑스는 한숨을 내쉬었다.

갸랑스는 잠깐 자리를 떴다가 몇 개월 된 아기를 안고 성의 없이 대충 흔들며 방에서 나왔다.

“아들이야? 이름이 뭐야?”

잠시 침묵이 흘렀다.

“루이.”

아이는 울어 대고, 갸랑스는 근래 몇 년 동안의 자기 생활을 털어놨다. 피부 미용 학교를 마치고 임신 7개월까지 피부관리사로 일을 했다고 했다. 보드카꾼은 아기 때문에 운동 경기 중계를 볼 수가 없다고 갸랑스를 집에 들어앉혔다고 했다. 그 후로는 정부 보조금을 받아 근근이 살아간다고 했다.

"너에게 제안 하나 하려고 해."

"불행하게도 청혼은 아닐 거고."

갸랑스가 농담을 했다.

루이는 피부미용실에 피부관리사가 한 명 필요했다. 갸랑스는 '미용 상담' 직을 수락했고 아기 루이를 맡아 줄 보모를 고용했다. 갸랑스는 훨씬 잘 지냈고 그건 아기 루이도 마찬가지였다.

그 무렵, 마이테 미용실은 루이와 피피로 이름을 바꾸었다. 루이의 머릿속에서는 여전히 작은 나사 하나가 집요하게 돌아갔고…….

6월의 어느 날, 루이는 걸어서 13구로 갔다. 수도 파리의 날씨는 찌는 듯 더웠고 루이는 제대로 숨을 쉴 수 없었다. 혹시 감회가 새로워서 그런 건 아닐까? 루이는 헤어디자인 앞에 이르자, 멈춰 서서 진열창을 통해 안을 들여다보았다. 루이는 손님 머리를 감기고 있는 그녀를 알아보았다. 그녀는 많이 변했을까? 변함없이 하이힐을 신고, 변함없는 금발에……. 루이는 안으로 들어갔다.

"안녕하세요? 예약하시게요?"

클라라가 물었다.

"아닙니다."

"바로는 안 됩니다. 기다리시겠어요?"

"아니요."

루이는 클라라의 눈에서 두려움을 읽었다. 이 남자는 뭘 원하는 거지?

"저를 모르시겠어요?"

클라라는 열심히 루이를 뜯어보았다.

"루이!"

감격의 외침이었다. 꼬마 루이가 그녀가 꿈꾸었던 남자가 되어 나타난 것이다.

"어머, 루이……."

클라라는 자신이 어디에 있는지, 누구인지도 잊었다. 뛰어드는 클라라가 안길 수 있도록 루이는 얼른 팔을 벌렸다. 하지만 클라라는 바로 뒤로 물러서더니 눈물을 훔쳤다.

"미안해요, 얼떨결에…… 얼떨결에 그렇게 됐어요."

클라라는 루이가 나타난 게 얼마만큼 뜻밖인지 깨달았다.

"수소문을 해 봤어요. 사설 업소에 부탁해서……."

루이가 털어놓았다.

클라라는 점점 더 놀라워했다.

"잘 지내세요?"

클라라의 금빛 머리칼은 빛이 바래 있었다. 그녀의 꿈 역시 뽀얀 먼지 속에 묻혀 버린 뒤였다.

"같이 일했으면 좋겠어요."

루이는 마레 구역에 **루이와 피피** 파리 지점을 열고 있었다. 그곳의 총책임을 클라라에게 맡겼다. 그건 언젠가 **마이테 미용실** 이층에서 루이가 클라라에게 약속했던 것이 아닌가?

루이의 머릿속에서 집요하게 돌아가는 작은 나사 하나가 이제는 멈출까? 하지만 어떤 선원이 항구에 계속 머물고 어떤 탐험가가 침대에 누워 죽겠는가? 산업 역군은 늘 앞으로 밀고 나가는 수밖에 없다. **루이와 피피** 미용실 체인은 프랑스 전국에 450개까지 늘어났다. 이어서 루이는 '루이 페리에'라는 상표의 남성용 모발 제품 회사를 세웠다. 그 제품의 모토는 피피의 아이디어인 '사나이 중 사나이를 위하여'였다.

페리에 씨는 딸에 대한 자부심이 대단하다. 플로리안은 의학 공부를 마쳐 가는 중인데, 전공은 성형외과이다. 하지만 사람들이 아들에 대한 얘기를 건네면 페리에 씨는 허세를 부린다.

"난 줄곧 그 녀석을 믿었어요. 걔는 이미 열네 살 때 벌써 톡톡 튀는 개성을 보였다니까요."

루이는 아버지의 말을 부인하지 않았다. 하지만 그는 자신이 여러 사람에게 빚을 진 사실을 잊지 않고 있다. 지금은 은퇴하신 샤를르 페기 중학교 교장 선생님은 언제든지 루이와 피피 미용실에 올 수 있다. 그리고 고객 카드가 없어도 교장 선생님은 무료 혜택을 받으실 수 있다.

루이는 갸랑스와 결혼하지 않았다. 물론 클라라와도 결혼하지 않았다. 루이는 진한 색 머리에 그보다 연하게 브릿지를 하고 층을 내서 단발로 자른 여자와 사랑에 빠졌다. 이름은 아네스. 똑똑하고 교양 있는 아가씨로 대학 교수였다. 루이는 싱긋 웃으며 이렇게 말한다.

"그녀는 말이 좀 많은 편이죠."

옮긴이의 말

『열네 살의 인턴십』의 주인공, 루이는 프랑스 중산층 가정의 청소년이다. 중학교 졸업반의 모든 학생처럼 루이는 직업 현장에서 일주일 간 인턴십을 해야 한다. 하지만 그는 무엇을 해야 할지 전혀 모른다. 확실한 것이 있다면 자신은 공부를 싫어하고 공부에 소질이 없다는 점이다. 할머니는 미용실 일을 제안하지만 저명한 외과 의사인 아버지는 그건 공부 못하는 아이들이나 하는 거라고 비아냥댄다. 그러나 미용실에서 인턴십을 하면서 루이는 자신이 정확하고 근면하며 진취적이고 미용 일에 소질이 있는 것을 발견한다. 그리고 무엇보다 미용실이 집처럼 편하고 미용실에서 일하는 것이 좋다. 미용실에서 자신의 진로를 발견한 루이는 아버지와 갈등을 빚지만 우여곡절 끝에 미용 일을 배워 성공하게 된다.

이렇듯 『열네 살의 인턴십』은 평범한 한 청소년이 자신의 행복을 찾아가는 일종의 성장 소설이다. 남들 혹은 아버지가 설정해 놓은 성공의 기준 대신에 자신의 삶을 개척하면서 활짝 피어나는 루이의 모습이 아름답고 감동적이다.

문득 위대한 사상가들은 인생의 궁극적인 목적을 자아실현에 두었다는 사실이 떠오른다. 루이처럼 자신이 가장 잘할 수 있고 가장 원하는 일을 하는 것이 인생을 가장 보람 있게 사는 것이며 행복한 것이라는 의미이다. 그 점에서 프랑스의 중학생들이 2학년이나 3학년 때 체험하는 인턴십과 같은 과정이 있다면 우리 나라 많은 청소년들의 인생이 달라질 거라는 생각도 해 본다. 우리나라의 경우, 몇몇 대안 학교와 일부 기관에서 인턴십을 시행하고 있지만, 그 혜택을 체험하는 청소년은 아직 소수에 지나지 않는다. 그러나 설문 조사를 해 보면 우리도 청소년기에 직업 및 진로 관련 교육의 필요성을 절실하게 인식하고 있고 가장 효과적인 직업교육 프로그램으로 '인턴십 등의 직장 체험'을 꼽는다고 한다.

물론 또 하나의 문제는 과연 루이처럼 자녀가 마음에 드는 일을 찾았을 때 부모가 그것을 수용할 수 있는가 하는 것이다. 부모들의 관점에서 볼 때 미용실 일을 반대하는 루이 아버지의 태도가 다소 보수적이지만 충분히 그럴 수 있다고 생각되는 한편, 찬성하거나 묵인하는 루이 어머니나 할머니의 열린 태도가 조금은 비현실적인 것으로 비쳐지는 것도 사실이다. 혹은 기껏해야 우리 실정과는 거리가 있는 다른 나라의 부모일 뿐이다.

그런데 여기서 이상한 것은 루이의 성공 스토리가 그다지 허황된, '소설 같은' 이야기로 생각되지 않는다는 점이다. 그것은 뭐랄까 고난과 역경을 이겨내는 자수성가적인 이야기가 아니라 그냥 자연스럽고 인간미 넘치는 따뜻한 이야기인 것이다. 루이가 최고의 미용사로서 두각을 나타낼 뿐 아니라 수많은 체인점을 거느린 미용 회사의 대표가 된다는 이야기도 굴곡과 반전이 있는 드라마틱한 것이 아니라 그저 평탄한 자연스러운 길이었다. 어쩌면 루이는 처음부터 '성공이 보장된' 미용사 지망생이었다는 생각이 든다. 그 까닭은 무엇이었을까?

소설에서 선배 미용사인 피피가 부러워했듯, 루이처럼 가족과 주변 사람들의 이해와 뒷받침을 받으면서 미용사로 출발한 경우는 흔치 않을 것이다. 비록 아버지의 반대가 있었지만 가족의 대다수가 이해 또는 양해한 상황에서 홀로 반대한 아버지는 결국 루이의 신념을 꺾을 상대가 되지 못했다. 따라서 루이에게 미용 일은 좌절한 상황에서의 절망적인 선택이거나 혹은 가출한 청소년이 생계를 유지하기 위한 임시방편적 수단이 아니었다. 오히려 루이는 학교 다닐 때보다 훨씬 더 자신 있고 즐겁게 미용 일을 할 수 있었고 자신의 행복과 즐거움을 주위에 나눠 주는 여유도 가질 수 있었다. 그렇기 때문에 루이의 성공이 자연스러워 보이는 것이다.

사실 루이의 경우처럼 어떤 일에 대한 본인의 열정과 노력 그리고 거기에 가족의 따뜻한 이해와 아낌없는 지원이 더해진다면 성공하지 못하는 것이 이상할 것이다. 그럼에도 불구하고 현실에서 한 젊은이가 눈높이를 대폭 낮추겠다고 하면 가족의 전폭적인 이해와 성원을 얻기 어려운 경우가 많다. 현실 속의 우리가 그렇지 못하기 때문에 이야기 속의 루이 엄마의 용기, 루이 할머니의 지혜 그리고 담담하고 침착하게 아버지의 반대를 극복하는 루이의 모습이 새삼 흐뭇하고 대견해 보이는 것인지도 모른다.

쓰고 보니 역자 후기가 이상한 방향으로 흘렀다. 이야기를 그저 이야기로 받아들이지 못하는 것은 루이 또래의 자녀를 둔 학부모로서의 강박이 작용한 탓일까. 어쨌든 조금씩 길이 보이는 것 같기도 하다. 아직 뚜렷하진 않지만.

2007년 11월, 김주열